Jürgen Schnaible

Science-Fiction-Welt 2

Jürgen Schnaible

# Science-Fiction-Welt 2

## Kurzgeschichten

Goldene Rakete Verlag für Belletristik

**Imprint**



Cover image: www.ingimage.com

Publisher:
Goldene Rakete Verlag für Belletristik
is a trademark of
International Book Market Service Ltd., member of OmniScriptum Publishing Group
17 Meldrum Street, Beau Bassin 71504, Mauritius

Printed at: see last page
**ISBN: 978-620-2-44467-5**

# Inhaltsverzeichnis

# Das Spiel

## Die Farm

Milo ist Farmer und lebt seit einigen Jahren mit seiner Familie auf dem Planeten Brantena. Er hat hier, weit weg von der Erde, eine neue Heimat gefunden. Er ist einer von vielen Farmern, die den Boden urbar machten und die dadurch entstandenen Felder bewirtschaften. Die Erträge werden dann von riesigen Raumschiffen, die die einzelnen Farmen regelmäßig anfliegen, abgeholt.

Wie jeden Morgen sitzt Milo auf der Terrasse vor seinem Haus und überschaut sein Gebiet mit den riesigen Feldern. Sie ziehen sich, soweit das Auge reicht. Zur Bewirtschaftung hat Milo eine große Halle mit den modernsten Maschinen, welche die Bewirtschaftung der Felder automatisch durchführen. Er selber kontrolliert den ganzen Ablauf und muss gelegentlich kleinere Reparaturen vornehmen. Bei größeren Problemen muss er eine Spezialfirma rufen.

Seine Kinder werden gerade zur Schule in die nächste Stadt gebracht und seine Frau ist noch im Haus beschäftigt, als Milo sich in seinen Wagen setzt, um seine Kontrollfahrten zu machen. Er fährt die Felder ab und kontrolliert dabei seine Maschinen, ob sie ihre Arbeit richtig ausführen. Nachdem er seine erste Kontrollfahrt hinter sich hat, schaut er noch kurz auf das Display in seinem Wagen, wo ihm eine Landkarte angezeigt wird. Darauf sind die gegenwärtige Position und der Zustand aller seiner Maschinen abgebildet. Da im Moment alles in Ordnung zu sein scheint, entschließt sich Milo, zurückzufahren.

Unterwegs kommt er an einem Fluss vorbei. Kurz entschlossen entschlieft er sich dann doch noch ein wenig dort zu verweilen. Am Fluss angekommen, setzt er sich ans Ufer und betrachtet die Gegend auf der gegenüberliegenden Seite. Eigentlich gibt es da nichts besonderes zu sehen, bis er im Hintergrund einen kleinen Berg erkennt, der sich von seiner Umgebung hervorhebt. Er ist ihm vorher noch nie aufgefallen, obwohl er schon oft mit seinem Wagen am Fluss vorbeigefahren ist. Milo wird neugierig und fast den Entschluss, sich den Berg etwas genauer anzusehen. Er war noch nie auf der anderen Seite des Flusses, den er jetzt überqueren will. Da sein Fahrzeug aber auch dafür ausgelegt ist, durchquert er den Fluss mühelos, um auf der anderen Seite weiterzufahren. Milo fährt direkt auf den Berg zu, der rasch näher kommt.

**Der Berg**

Endlich ist er am Berg angelangt. Er bleibt mit seinem Wagen vor ihm stehen, steigt aus und betrachtet ihn. Ein ganz normaler kleiner Berg, mehr nicht. Milo steigt wieder in seinen Wagen und entschließt sich, den Berg noch kurz zu umrunden, bevor er wieder zurückfährt. Als er gerade an der gegenüberliegenden Seite vorbeifährt, bemerkt er etwas Sonderbares. Ein kreisrunder, künstlich angelegter Platz, von der ein Weg direkt auf den Berg zuläuft. Milo hält den Wagen an und steigt aus, um sich das Ganze genauer anzusehen.Er geht zu diesem Platz und folgt dann dem Weg in Richtung des Berges. Dieser bringt ihn zu einem Eingang, der in den Berg hineinführt. Milo bleibt kurz stehen und überlegt, ob er dem Weg weiter folgen soll. Dann läuft er rasch zum Wagen zurück und holt eine Handlampe, um den Weg auszuleuchten. Am Eingang wieder angekommen, geht er in den Berg hinein. Er folgt dem Weg durch einen langen Gang. Nach einiger Zeit erreicht Milo das Ende des Weges, der in einem großen, runden Raum endet. Dieser ist leicht von einem blau flackernden Licht erleuchtet, das in der Mitte des Raumes, direkt über dem Boden schwebt. Milo leuchtet mit seiner Lampe den gesamten Raum ab, kann aber nichts Interessantes entdecken.  Milo will daraufhin das Licht näher untersuchen und beobachtet es einige Zeit. Dann geht er langsam und vorsichtig darauf zu, ohne es aus den Augen zu verlieren. Als er direkt davorsteht und immer doch nichts passiert, versucht er mit seiner Hand, das Licht zu berühren.

**Tag 1**

Was ist passiert? Milo befindet sich irgendwo in einem Wald wieder. Wie ist er bloß hierhergekommen? Er schaut sich um, um zu sehen, wo er sich befindet. In diesem Wald wachsen die verschiedensten Pflanzen, die er noch nie zuvor gesehen hat. Er hat keine Ahnung, wo er sich im Moment befindet. Milo will den Wald verlassen, um mehr von der Gegend zu sehen, in der er sich befindet. Sofort läuft er los und schlägt sich durch den Wald. Es ist ein angenehm warmer Tag und die Sonne scheint vom wolkenlosen Himmel.

Nach einiger Zeit verlässt er endlich den Wald. Doch alles, was er sieht, ist eine weite, unberührte Landschaft. Keine Anzeichen von Zivilisation zu erkennen. Er weiß, dass er weiter gehen muss, um irgendwo Hilfe zu finden. Somit macht er sich auch gleich wieder auf den Weg. Milo läuft auf die angrenzende Hügellandschaft zu. Aber nach kurzer Zeit hört er auf einmal ein laut summendes Geräusch. Erschrocken schaut er sich um, um zu erkennen, woher es kommt. Da entdeckt er plötzlich, in einiger Entfernung vor ihm, dieses blaue Licht, das er schon im Berg gesehen hatte. Im gleichen Moment hört auch das Summen auf. Milo beobachtet das Licht und wartet ab, was passiert. Es passiert gar nichts. Das Licht schwebt immer noch über dem Boden auf der gleichen Stelle. Da Milo nicht länger warten will und neugierig ist, fängt er an, langsam auf das Licht zuzugehen. Er kommt vorsichtig immer näher. Als er schon relativ nahe ist, verschwindet plötzlich das Licht. Sofort bleibt er stehen und starrt auf die Stelle, wo sich gerade eben noch das Licht befand. Dann läuft er auf die Stelle zu, um doch noch etwas zu entdecken. Hier gibt es allerdings nichts mehr zu sehen. Er schaut sich noch kurz um, aber das Licht ist verschwunden.

Milo bemerkt, dass es langsam dunkel wird und entschließt sich, zum nahen Wald zurückzukehren. Dort will er die Nacht verbringen. Er findet dort einen kleinen Bach, an dem Pflanzen mit den verschiedensten Früchten wachsen. Darum entschließt er sich, hier sein Nachtlager zu errichten. Nachdem er sich mit einigen essbaren Dingen gestärkt hat, beschließt er sich hinzulegen und noch einmal über das gerade Erlebte nachzudenken.

## Tag 2

Nachdem Milo am nächsten Morgen aufgestanden ist und etwas gegessen hat, macht er sich gleich wieder auf den Weg. Er nimmt sich noch ein paar Vorräte mit, verlässt den Wald und geht wieder auf diese Hügellandschaft zu. Vielleicht kann er dort jemand finden, der ihm weiterhilft. Unterwegs bemerkt er, dass es nicht mehr so angenehm warm ist, wie am Tag zuvor. Auch einige Wolken sind am Himmel zu sehen.

Nach einiger Zeit erreicht er die erste Anhöhe. Er schaut sich um, kann jedoch noch immer keine Anzeichen von Zivilisation erkennen. Also geht er immer weiter, doch überall nur unberührte Natur. Er hat keine Wahl, er muss weiter.

Als er nach einer Weile vor einem weiteren Hügel steht, hört er wieder dieses Summen. Sofort weiß er, dass das Licht wieder in der Nähe ist. Er schaut sich um und entdeckt dieses blaue Licht diesmal ganz oben auf dem Hügel. Jetzt muss er schnell handeln. Er hat sich nämlich überlegt, dass er das Licht vermutlich berühren muss, um hoffentlich zurückzukommen. Damals im Berg hatte er es ja auch kurz berührt und war dann hier gelandet. Dann kann es doch umgekehrt auch funktionieren, hofft Milo. Also läuft er gleich los, den Hügel hinauf, auf das Licht zu. Je mehr er sich dem Licht nähert, desto mehr schwinden auch seine Kräfte. So kommt es, dass er noch kurz vor Erreichen seines Zieles zusehen muss, wie das blaue Licht vor seinen Augen wieder verschwindet.

Enttäuscht, müde und völlig außer Atem, setzt er sich auf die Stelle, wo sich gerade noch das Licht befand. Er war nicht stark genug, um das Licht rechtzeitig zu erreichen. Seine körperlich Verfassung ist auch nicht mehr die Beste. Vielleicht hätte er etwas abwarten sollen, bevor er versuchte das Licht zu erreichen. Schließlich hat er bemerkte, dass das Licht genauso lang da war, wie beim letzten mal. Und die Zeit beginnt erst abzulaufen, wenn man das Licht gesehen hat. Aber dafür ist es jetzt zu spät.

Milo steht nach einer Weile wieder auf und schaut sich um. Da erkennt er, dass nach dieser Hügellandschaft, sich eine weite Ebene anschließt. Dort fließt auch ein kleiner Fluss hindurch. Wenn er dem Fluss folgt, kann er womöglich eine Siedlung finden. Auch ein kleines Waldstück kann er von hier ausmachen. Dort könnte er wieder was zu essen finden und übernachten. Sofort macht sich Milo auf den Weg, um den Wald noch vor der Dunkelheit zu erreichen.

Es ist schon spät, als er das Waldstück erreicht. Aber noch hell genug, um sich wieder ein Nachtlager zu errichten und sich was zum Essen zu besorgen. Sichtlich müde legt sich Milo schlafen, um morgen ausgeruht zu sein.

**Tag 3**

Als Milo am nächsten Morgen aufwacht, merkt er sofort, dass es spürbar kälter geworden ist. Auch der Himmel ist von einer dichten Wolkendecke überzogen. Er muss an seine Familie denken, die ihn sicher schon vermissen wird. Was ist mit seinen Erntemaschinen, die jetzt keiner mehr kontrolliert? Es bringt nichts, sich darüber Gedanken zu machen, da es ihm nicht weiterhilft.

Nachdem er sich wieder was zu Essen zusammengesucht hat, macht er sich erneut auf den Weg. Er will dem Fluss folgen, den er gestern gesehen hat. Also verlässt er den Wald und folgt dem Fluss stromaufwärts.Würde er stromabwärts laufen, müsste er in die Richtung gehen, wo er hergekommen ist. Dadurch würde er viel Zeit verlieren. Also läuft Milo durch diese Ebene, nahe am Flussufer entlang. Im Hintergrund erkennt er ein kleines Gebirge und ein größeres Waldstück davor. Den Wald will er heute noch, vor Einbruch der Dunkelheit, erreichen.

Milo hat schon eine größere Strecke hinter sich gebracht, als er das altbekannte Summen wieder hört. Aber er weiß, was er zu tun hat. Er muss sofort, so schnell er kann, auf das Licht zulaufen. Er darf keine Zeit verlieren, wenn er es noch rechtzeitig erreichen will. Einen Moment atmet er noch kurz durch und schaut sich dann langsam um. Jederzeit bereit, sofort loszulaufen. Als er das blaue Licht jedoch sieht, ist er im ersten Moment wie geschockt. Das Licht befindet sich auf der gegenüberliegenden Flussseite. Damit hat Milo nicht gerechnet. Entsetzt blickt er hastig beide Flussrichtungen entlang, um einen Weg auf die andere Seite zu finden. Doch da ist nichts. Einen Übergang hätte er sicherlich schon vorher gesehen. Die Zeit drängt, er muss etwas unternehmen. Milo hat keine Wahl, wenn er auf die andere Seite will, muss er ins Wasser. Schnell springt er in den Fluss und schwimmt so schnell er nur kann, auf die gegenüberliegende Seite. Als er sich völlig erschöpft am anderen Ufer aus dem Wasser zieht und das Licht sucht, muss er feststellen, dass er durch die Strömung abgetrieben ist. Sofort läuft Milo mit seinen nassen Kleidern, am Ufer entlang, den Fluss hinauf, auf das Licht zu. Doch auch diesmal reicht die Zeit wieder nicht und das Licht verschwindet, noch bevor er es erreicht.

Wieder einmal maßlos enttäuscht setzt er sich kurz hin, um sich zu erholen. Er hat zwar immer die gleiche Zeit, das Licht zu erreichen, jedoch wird es jeden Tag schwieriger. Milo hat nicht viel Zeit seine Kleidung zu trocknen, denn er hat noch einen langen Weg vor sich.

Erst spät abends erreicht er, mit noch feuchten Kleidern, den Waldrand. Aber auch jetzt hat er keine Zeit sich lange auszuruhen. Wieder streift er durch den Wald und sucht was zu essen. Danach muss es sich sofort an sein Nachtlager machen, bevor es dunkel wird. Nachdem alles erledigt ist, legt er sich hin. Mit jedem Tag der vergeht, merkt er, wie das alles an seinen Kräften zehrt. Was wird ihn morgen erwarten? Wenn ihm nicht bald etwas einfällt, wird er das Licht wohl nie erreichen.

**Tag 4**

Milo erwacht am nächsten Morgen und hört sofort ein plätschern. Er verlässt sein Nachtlager und sieht, dass es regnet. Auch die Luft hat sich weiter abgekühlt. Das erschwert seine Situation natürlich erheblich. Über Nacht hat sich Milo noch einmal Gedanken gemacht. Er will sich zum kleinen Gebirge, am Ende des Waldes, durchschlagen. Wie jeden Morgen holt er sich was zu essen, packt etwas Proviant für unterwegs ein und geht los.

Mühsam streift er durch den Wald, voller für ihn fremder Pflanzen. Der Waldboden weicht langsam durch den Regen auf und das Vorankommen fällt ihm sichtbar schwerer. Seine Kleidung ist nach einer Weile schon durchnässt, aber er hat keine Zeit vor dem Regen Schutz zu suchen. Da sich das Wetter jeden Tag verschlechtert glaubt er nicht, dass er abwarten kann, bis es besser wird. Er muss weiter und das Gebirge erreichen. Also kämpft er sich weiter durch diese Pflanzenwelt.

Es ist bereits Nachmittag und Milo kommt dem Gebirge immer näher. Der Regen und die kühle Luft machen ihm schwer zu schaffen. Dann ist es wieder da, dieses Summen, dass Milo nur zu gut kennt. Er blickt um sich, kann aber nichts entdecken. Dem Geräusch folgend, versucht er das Licht zu finden. Er weiß, dass die Entfernung zum Licht und die Zeit es zu erreichen, immer gleich sind. Nur die Bedingungen werden immer schwieriger. Dann erkennt er weit vor sich, durch die Pflanzen hindurch, das blaue Licht. Milo weiß zwar, dass er auch heute kaum eine Chance hat, das Licht rechtzeitig zu erreichen, dennoch will er es versuchen. Er läuft mit seiner nassen Kleidung und seinen schweren, verdreckten Schuhen, dem Licht entgegen. Es ist nicht möglich auf direktem Wege auf das Licht zuzulaufen, da er immer wieder den verschieden Pflanzen ausweichen muss. Dadurch verliert er auch das Licht immer wieder aus den Augen, da es, je nach Blickwinkel, von anderen Pflanzen verdeckt wird. Milo muss deswegen öfters seine Position wechseln, um das Licht wieder zu finden. Wenn er es erneut entdeckt hat, läuft er sofort weiter darauf zu. So bewegt er sich kreuz und quer durch den Wald und verliert dadurch kostbare Zeit. Trotz allem kommt er langsam näher. Er spürt, dass die Zeit knapp wird. Mit aller Kraft kämpft er sich auf das Licht zu. Dann verschwindet es. Er hat es wieder nicht geschafft. Wieder hat er verloren. Milo lässt sich einfach auf den Boden fallen. Zwar hat er damit gerechnet, dennoch ist er natürlich enttäuscht. Er ist außer Atem und müde, deswegen bleibt er einfach noch eine Weile liegen.

Milo rafft sich wieder auf und schlägt sich weiter durch den Wald auf das nahe gelegene Gebirge zu. Völlig durchnässt und verdreckt erreicht er den Waldrand noch vor Einbruch der Dunkelheit. Endlich steht er vor dem kleinen Gebirge, dass er erreichen wollte. Mit allerletzter Kraft findet er dort einen tiefen Felsvorsprung, wo er sich vor dem Regen schätzen kann. Hier kann er die Nacht im Trockenen verbringen.

## Tag 5

Milo hatte die Nacht nicht gut geschlafen, obwohl er todmüde war. Noch immer nicht richtig wach zwingt er sich trotzdem aufzustehen. Er hat heute noch einiges vor sich und muss sich deshalb beeilen. Der gestrige Tag hat ihn sehr mitgenommen, deswegen fühlt er sich nicht gut. Wenn er jetzt noch krank wird, wie soll es dann weitergehen?

Das Wetter hat sich abermals verschlechtert. Milo sieht diesen starken Regen, der sich über die Landschaft ergießt. Zudem weht ein unangenehm, kalter Wind. Schlechte Bedingungen für ein Weitergehen. Doch Milo hat einen Plan und den will er auf jeden Fall durchführen.

Noch einmal begibt er sich in den Wald, um sich noch was zum Essen zu besorgen. Dann beginnt er mit dem Aufstieg auf das Gebirge. Er hat sich einen alleinstehenden Berggipfel ausgesucht, den er erreichen will, noch bevor das Licht wieder erscheint. Da er auf den höchsten Gipfel gelangen will, muss er sich beeilen, wenn er es noch rechtzeitig schaffen will. Das blaue Licht kommt normalerweise nicht vor dem Mittag. Bis dahin will Milo sein Ziel erreicht haben.

Der Aufstieg unter diesen Witterungsbedingungen und ohne Ausrüstung ist eine extreme Herausforderung. Nur mühsam kommt er seinem Ziel näher. Er weiß, wenn er noch eine Chance haben will, muss er da hoch. Die Anstrengung steht ihm ins Gesicht geschrieben und er ist sich nicht sicher, ob er es noch rechtzeitig schafft. Doch irgendwie erreicht er dennoch den Gipfel um die Mittagszeit. Völlig erschöpft, durchnässt und zitternd vor Kälte, sitzt er am Gipfel dieses Berges. Er schaut sich nach allen Seiten um und versucht sich die Umgebung einzuprägen. Da er ungefähr weiß, in welcher Entfernung das Licht erscheinen wird, kann er sich jetzt schon darauf einstellen. Es wird jedenfalls unter ihm sein, weil es höher nicht mehr geht. Er muss also nicht hoch klettern, sondern immer nach unten, was natürlich schneller geht. So wartet Milo, dem Wetter hier oben gnadenlos ausgesetzt, auf seine möglicherweise letzte Chance.

Es geht los. Milo reist die Augen auf, als er das unverkennbaren Summen hört. Er ist aufgeregt, aber auch irgendwie froh, dass es endlich losgeht. Er sieht sich langsam um. Da ist es, dieses blaue Licht, das ihn langsam zur Verzweiflung bringt. Sofort läuft er los, den Berg hinab, auf das Licht zu. Da er sich die Gegend vorher genau angesehen hat, kommt er dem Licht schnell näher. Er erkennt, dass er nicht mehr weit weg sein kann und läuft so schnell er kann darauf zu. Plötzlich wird er langsamer, denn er bewegt sich direkt auf eine kleine Schlucht zu. Als er direkt am Rande des Abgrundes steht, ist seine letzte Hoffnung wie weggeblasen. Milo hatte die Situation von seiner Perspektive aus vorher nicht erkannt. Damit konnte er nicht rechnen. Das Licht befindet sich auf einem Felsvorsprung inmitten einer kleinen Schlucht, auf der gegenüberliegenden Seite. Es weiß, dass es in der Zeit nicht zu schaffen ist, diese zu umgehen und dann noch nach unten zu klettern. Es ist einfach unmöglich. Erstarrt steht er nun da und kann keinen klaren Gedanken fassen. Doch er muss jetzt handeln, ob er will oder nicht, denn die Zeit läuft ihm weg. Dann endlich weiß er, was er zu tun hat. Ihm ist klar, dass das Licht zu erreichen, bald nicht mehr möglich sein wird. Auch sein Gesundheitszustand wird immer schlechter. Er wird das Ganze nicht mehr länger durchhalten können. Milo schaut sich die Position und Entfernung des Lichtes noch einmal kurz an, dreht sich um und läuft zurück. Nach einigen Metern dreht er sich wieder um und rennt mit voller Geschwindigkeit auf die Schlucht zu. Am Rande des Abgrundes angekommen, springt Milo ab und überlässt sich seinem Schicksal. In diesem Moment weiß er, dass es sein letzter Tag hier sein wird. Entweder er verfehlt das Licht, dann wird er den Abgrund hinab fallen und dort sein Ende finden. Oder er erreicht es und kommt dann hoffentlich wieder nach Hause. Oder auch nicht. Egal was passiert, es gibt kein zurück.

**Die Rückkehr**

Milo steht wieder, oder immer noch, neben dem Licht. Er befindet sich weiterhin im Raum, im Inneren des Berges befindet. Wie versteinert schaut er auf das Licht, das jetzt nicht mehr blau, sondern grün leuchtet. Er fühlt sich, als wäre er gerade von einem Traum aufgewacht. Da er trockene und saubere Kleidung trägt und er sich eigentlich recht gut fühlt, könnte man meinen, er wäre gar nicht weg gewesen. Selbst die Handlampe brennt noch, als wäre die Zeit stehen geblieben, solange er fort war. Er vermutet, dass er bei seinem letzten Sprung das Licht erreicht hat und ist deswegen zurückgekehrt. Deshalb hat sich auch die Lichtfarbe verändert, da er das Ziel erreicht hat. Was wäre geschehen, wenn er das Licht verfehlt hätte? Das wird er wohl nie erfahren.

Milo verlässt den Raum, um durch den Gang wieder ins Freie zu gelangen. Dann geht er den Weg entlang, der zu dem runden Platz führt. Sein Wagen steht immer noch da, wo er ihn abgestellt hatte. Jetzt will er nur noch heim und nach seiner Familie sehen, die ihn sicher schon lange vermisst. Sofort steigt er in den Wagen und fährt zurück zum Fluss, um ihn abermals zu durchqueren. Danach geht es direkt nach Hause. Unterwegs blickt er noch kurz auf seinen Monitor im Wagen, um zu sehen, was mit seinen Erntemaschinen los ist. Es scheint allerdings alles in Ordnung zu sein. Jemand muss sich in der Zwischenzeit um sie gekümmert haben. Nicht mehr lange und er ist wieder daheim.

Zuhause angekommen verlässt Milo den Wagen und geht direkt ins Haus, da draußen niemand zu sehen ist. Er ruft seine Frau und geht in die Küche. Dort steht sie gerade am Herd. Sie dreht sich um und sagt zu Milo, dass er spät dran sei und sie das Essen noch einmal kurz aufwärmt. Verwundert setzt sich Milo erst mal an den Tisch. Dann erst sieht er auf die Uhr mit Datumsanzeige, die an der Wand hängt. Da erst erkennt er, dass es immer noch der gleiche Tag ist. Die Zeit, die er in der anderen Welt verbrachte, hatte hier keine Bedeutung.

Nach dem Essen setzt sich Milo mit seiner Frau auf die Terrasse und erzählt ihr die ganze Geschichte, die er erlebte. Vielleicht nimmt er sie mal mit und zeigt ihr den Berg mit dem geheimnisvollen Licht. Ja, dieses Licht. Woher kommt es, oder wer hat es erschaffen. Das Ganze wirkt doch wie ein Spiel, wo es um das reine Überleben geht. Zumindest hat er das erste Spiel gewonnen. Was würde ihn erwarten, wenn er das grüne Licht berührt? Er will es lieber nicht wissen, oder doch? Immer wenn Milo am Fluss entlang fährt und den Berg im Hintergrund sieht, muss er an sein Abenteuer denken. Wer weiß, ob er doch noch einmal den Fluss überquert und das Licht herausfordert.

# Mondexpedition

## Der Start

Nun ist es soweit. Nach langer Vorbereitung steht Tom jetzt vor seinem ersten Flug zum Mond. Zusammen mit seinen beiden Begleitern bereitet er sich auf den Start vor. Zuvor haben sie sich noch von ihren Familien verabschiedet. Dann gehen sie zusammen zum Raumschiff, dass sie zum Mond bringen soll. Sie steigen hinein und warten auf die Startfreigabe. Sie haben lange für diesen Augenblick geübt. Mit dieser neuen Raumschiffsgeneration können sie zum Mond und wieder zurückfliegen. Auch ein neues Mondfahrzeug haben sie mit dabei. Sie sollen eine Woche dort oben verbringen und dann zurückkehren.

Die Startfreigabe kommt und sie starten ihr Raumschiff. Langsam hebt es ab, richtet sich aus und beschleunigt danach stetig. Der Kurs ist einprogrammiert und die Instrumente zeigen keine Störung an. Somit können sich alle zurücklehnen und den Flug genießen. Die Erde wird langsam immer kleiner und der Mond kommt immer näher. Bald werden sie ihr Ziel erreicht haben.

Sie haben den Mond erreicht. Nun müssen sie nur noch die vorgeschriebene Landestelle erreichen. Dazu fliegen sie noch ein Stück über die Oberfläche, bis zum vorgegebenen Landepunkt. Dort setzen sie ihr Raumschiff sanft auf. Im ersten Moment bleiben alle noch kurz in ihren Sitzen und schauen hinaus, um sich durch die Fenster die Umgebung anzusehen. Noch ein kurzer Funkruf zur Erde, dass sie sicher gelandet sind, dann machen sich auch schon alle daran, ihre Raumanzüge anzuziehen. Zuerst geht es nach draußen, um sich mit den Bedingungen auf dem Mond vertraut zu machen. Erst danach fangen sie an, das vorgegebene Programm durchzuarbeiten. Während seine Kollegen die ersten Proben einsammeln und Messungen durchführen, kann Tom inzwischen die Umgebung erkunden. Dafür haben sie das neue Mondfahrzeug dabei, das dabei gleich unter realen Bedingungen getestet wird. Tom fährt den Wagen aus dem Raumschiff. Die Akkus des Wagens sind bereits voll aufgeladen und das Nötigste an Ausrüstung für den Notfall ist im Wagen schon verstaut. Tom kontrolliert noch einmal kurz die Instrumentenanzeigen und beginnt dann seine erste Fahrt auf dem Mond.

## Mondfahrt

Mit dem neuen Mondwagen kommt Tom schnell voran. Er durchfährt eine Ebene, vorbei an etlichen Kratern. Schon nach einiger Zeit hat er das Raumschiff und seine beiden Kameraden aus den Augen verloren. Trotzdem findet er später wieder zurück, da vom Raumschiff kontinuierlich ein Funksignal gesendet wird, das er anpeilen kann. So fährt Tom immer weiter über die Mondoberfläche, stetig auf der Suche nach etwas Interessantem. Ab und zu steigt er aus, um sich das Eine oder Andere, das er auf dem Weg entdeckt, genauer anzusehen. Auch einige Steine oder andere Materialien, die ihm interessant erscheinen, nimmt er in getrennten Behältern mit. Zudem führt er zwischendurch noch verschiedene Messungen durch.

Nach einiger Zeit entdeckt Tom eine kleine Bergformation. Er steuert darauf zu, um sie sich genauer anzusehen. Dort angekommen fährt er die Berge entlang, bis er an eine Stelle kommt, an der die Bergkette unterbrochen ist. Als er dort hindurchsieht, erkennt er, dass die Bergformation fast kreisförmig ist. In deren Mitte befindet sich ein großer Platz, der nur durch diese Öffnung vom Boden her erreichbar ist. Tom schaut sich aus der Entfernung den Platz etwas genauer an und vermutet irgendwelche Spuren auf dem Boden zu erkennen. Er würde ja gerne mal dort hineinfahren und sich das genauer ansehen, aber die Akkus des Wagens reichen nur noch für eine sichere Rückfahrt. Er darf kein Risiko eingehen. Außerdem geht sein Sauerstoff auch langsam zur Neige. Er hat zwar noch einen Sauerstoffbehälter als Reserve dabei, den will er aber nur im Notfall benutzen. Er hat leider keine Wahl und muss zum Raumschiff zurückkehren. Also folgt Tom dem Funksignal des Raumschiffes und fährt direkt zurück.

Als er beim Raumschiff angekommen ist, meldet er sich per Funk zurück. Seine Kollegen sind bereits im Raumschiff. Tom fährt den Wagen wieder hinein, um die Akkus für morgen wieder aufzuladen. Er packt noch die Sachen aus, die er unterwegs eingesammelt hat und geht dann zu seinen Kollegen, um sich mit ihnen über ihre Erlebnisse zu unterhalten. Vor allem über diese außergewöhnliche Bergformation und den Platz berichtet er den anderen. Tom geht das einfach nicht mehr aus dem Kopf. Er will sich das Ganze unbedingt genauer ansehen.

## Zweite Mondfahrt

Nachdem sich alle etwas ausgeruht haben, bespricht er mit seinen beiden Kollegen den weiteren Ablauf. Dabei spricht er sie darauf an, dass er noch einmal zu diesem Platz fahren will. Da keiner was dagegen hat, holt Tom wieder den Mondwagen aus dem Raumschiff. Er macht sich sofort auf den Weg, damit er bald wieder zurück ist. Wie geplant steuert er seinen Wagen direkt zu den Bergen. Dort angekommen fährt er an ihnen entlang, bis er wieder die Öffnung findet, durch die er ins Innere dieser rundlichen Bergformation kommt. Tom schaut noch kurz hinein und fährt dann durch die Lücke auf den großen Platz. Während er diesen überquert, beobachtet er die Umgebung auf Auffälligkeiten. Auch den Boden behält er im Auge, ob da wirklich irgendwelche Spuren zu sehen sind. Plötzlich scheint er tatsächlich etwas entdeckt zu haben. Tom hält den Wagen an, steigt aus und schaut sich die verschiedenen Abdrücke auf dem Boden an. Sie waren nicht eindeutig zu identifizieren, dennoch schließt er einen natürlichen Ursprung weitgehend aus. Tom fragt sich, von wem oder was die Spuren sein könnten.

Während Tom sich die Bodenspuren genauer betrachtet, bemerkt er über dem Horizont einen hell leuchtenden Punkt. Ein Stern kann es nicht sein, da an dieser Stelle vorher kein so helles Licht zu sehen war. Das wäre ihm sicherlich aufgefallen. Er beobachtet den hellen Punkt genauer und stellt fest, dass er langsam größer wird. Tom starrt wie gebannt darauf und fragt sich, was das ist. Der Lichtpunkt wird noch immer größer und es scheint, dass er direkt auf ihn zukommt. Jetzt erst begreift Tom, was da vielleicht gerade passiert. Schnell setzt er sich wieder in den Wagen und fährt mit voller Geschwindigkeit auf die umliegenden Berge zu. Da er sich im Moment ziemlich genau in der Mitte des Platzes aufhält, ist es egal, in welche Richtung er fährt. Deswegen lenkt er den Wagen immer geradeaus, um so schnell wie möglich den Platz zu verlassen. Zwischendurch schaut er immer wieder auf den Lichtpunkt, der bereits schon ziemlich groß ist. Allmählich kann man erkennen, dass er genau in seine Richtung fliegt. Je näher das Objekt kommt, desto mehr bekräftigt sich die Vermutung, dass es ein Raumschiff sein könnte. Tom will auf jeden Fall die Berge erreichen, bevor es da ist. Er hat die Berge schon fast erreicht, als er die Form des Raumschiffes schon einigermaßen erkennen kann. Endlich am Fuß des Berges angekommen, fährt er den Wagen in eine kleine Nische, um ihn ein wenig zu verbergen. Als Tom danach wieder auf den Platz hinter sich schaut, kann er gerade noch die Landung des Raumschiffes beobachten.

## Die Fremden

Regungslos sitzt Tom in seinem Fahrzeug und beobachtet das fremde Raumschiff. Er wartet angespannt auf das, was passieren wird. Viele Gedanken gehen außerdem durch seinen Kopf. Eigentlich hätten sie seinen Wagen beim Landeanflug sehen müssen. Wenn das so wäre, wird er bestimmt gleich Besuch bekommen. Ist überhaupt jemand in dem Raumschiff oder ist es unbemannt? Wird es von jemand gesteuert oder fliegt es ganz automatisch? Woher kommt es und wem gehört es? Tom kann nur abwarten.

Jetzt passiert etwas. Ein Tor an der Seite des Raumschiffes öffnet sich und ein Fahrzeug kommt herausgefahren. Zuerst befürchtet Tom, dass es direkt auf ihn zu fährt, doch es schlägt eine andere Richtung ein. Es scheint auf eine bestimmte Stelle der Berge zuzufahren. Als das fremde Fahrzeug direkt vor einem Berg steht, öffnet sich ein Tor, das den Weg ins Innere des Berges freigibt. Das Fahrzeug fährt hinein und kommt nach einer Weile wieder heraus, um zum Raumschiff zurückzufahren. Da der Eingang nicht sehr weit von Tom weg ist, entschließt er sich den Eingang näher anzusehen. Vorsichtig steigt er aus seinem Wagen und geht so unauffällig wie möglich auf die Stelle zu, wo sich der Eingang befindet. Er läuft dabei immer ganz nahe am Berg entlang, damit er hoffentlich nicht entdeckt wird. Mit seinem Wagen hätte er keine Chance sich fortzubewegen, ohne entdeckt zu werden.

Tom hat den Eingang erreicht. Das Tor ist noch auf und es ist niemand zu sehen. Gerade wollte er einen Blick hineinwerfen, kommt das fremde Fahrzeug zurück. Diesmal nimmt es aber einen anderen Weg. Es fährt genau auf die Stelle zu, wo er seinen Wagen abgestellt hat. Dann sieht er wie zwei der Fremden aussteigen und sich seinen Wagen ansehen. Ihm fällt auf, dass sie keinen Helm tragen. Das heißt, dass sie wahrscheinlich nicht zu atmen brauchen, denn hier draußen gibt es nichts, das man atmen könnte. Das gibt ihnen einen großen Vorteil. Jetzt hängen sie seinen Wagen an ihr Fahrzeug und ziehen es direkt an ihm vorbei durch den Eingang in den Berg. Tom hat sich gerade noch rechtzeitig verstecken können, damit sie ihn nicht sehen. Dennoch weiß Tom, dass er jetzt ein riesengroßes Problem hat. Sein Sauerstoff reicht nur noch für ungefähr drei Stunden. Zu Fuß unauffällig zurückzulaufen ist in der Zeit nicht möglich. Die einzige Möglichkeit wäre der Ersatzsauerstoffbehälter im Wagen, doch der ist jetzt bei den Fremden im Berg. Er hat nur noch eine Möglichkeit. Tom schaut sich noch einmal genau um und bewegt sich so unauffällig wie möglich durch das Tor in den Berg hinein.

## Die Basis

Drinnen versteckt sich Tom zuerst hinter großen Transportbehältern. Dann schaut er sich vorsichtig um. Er befindet sich in einer großen Halle. Es scheint, als ob sie als Lagerhalle dient, da überall verschiedene Behälter herumstehen. Auch erkennt er am Ende der Halle einen Durchgang, der scheinbar in einen anderen Raum führt. Da stehen allerdings zwei dieser Fremden, die das Abladen beobachten. Er hat scheinbar Glück gehabt, dass sie ihn noch nicht bemerkt haben. Man kann deutlich erkennen, dass es keine Menschen von der Erde sind, haben jedoch eine gewisse Ähnlichkeit. Plötzlich kommt das fremde Fahrzeug wieder hereingefahren. Tom beobachtet was passiert. Die Fremden entladen allerdings nur ihr Fahrzeug und fahren wieder hinaus. Tom bewegt sich nun vorsichtig in die Richtung, wo sich der Durchgang befindet. Er darf dabei die beiden Fremden nicht aus den Augen verlieren, damit er immer weiß, wo sie sich befinden. Als er nicht weit von ihnen ist, muss er abwarten, bis die beiden hoffentlich irgendwann weggehen. Dann erst kann Tom weiter gehen und nach seinem Fahrzeug mit dem Sauerstoffbehälter suchen. Nach einer Weile kommt das fremde Fahrzeug wieder zurück, um abzuladen. Das Ganze wiederholt sich immer wieder. Bis plötzlich, nachdem das Fahrzeug herausgefahren ist, sich das Tor schließt. Das Entladen des fremden Raumschiffes ist wahrscheinlich beendet und Tom sitzt in der Halle gefangen.

Er hat noch für ungefähr eine Stunde Sauerstoff. Deswegen muss er unbedingt an den Sauerstoffbehälter in seinem Wagen kommen, bevor es zu spät ist. Wenn er dann noch rechtzeitig die Möglichkeit hätte ins Freie zu gelangen, dann könnte er zu Fuß zurück zu seinem Raumschiff laufen. Der Sauerstoff müsste dafür ausreichen. Doch zuerst muss er seinen Wagen finden. Tom hat festgestellt, dass die beiden Fremden, die am Durchgang standen, jetzt weg sind. Rasch läuft er dort hin und schaut vorsichtig auf die andere Seite. Dort befindet sich auch wieder eine große Halle. Tom wartet auf eine günstige Gelegenheit und läuft rasch hinein, um sich dort gleich wieder zu verstecken. Er schaut sich um und erkennt, dass sich hier hauptsächlich Technik befindet. Die verschiedensten Maschinen sind hier untergebracht. Auf einmal entdeckt Tom seinen Wagen. Einige dieser Fremden schauen sich ihn gerade etwas genauer an. Es ist im Moment unmöglich, dorthin zu gelangen. Tom wartet ab und beobachtet was passiert. Nach einer Weile verlassen die Fremden sein Fahrzeug und Tom kann sich ihm langsam nähern. Vorsichtig holt er sich den vollen Sauerstoffbehälter aus dem Wagen und versteckt sich wieder. Dann tauscht er ihn gegen seinen alten Behälter aus. Endlich hat er wieder genug Sauerstoff. Jetzt muss er nur noch versuchen, so schnell wie möglich ins Freie zu gelangen. Tom will noch schnell den alten Sauerstoffbehälter in den Wagen legen, doch plötzlich kehren die Fremden von vorhin wieder zurück. Schnell entfernt er sich von dort und bewegt sich vorsichtig durch die Halle. Unterwegs versteckt er den alten Behälter und geht langsam weiter auf einen weiteren Durchgang zu. Dieser scheint in eine weitere Halle zu führen. Tom beobachtet die Fremden, die wieder sein Fahrzeug genauer untersuchen. Er will den richtigen Moment abwarten, um in die andere Halle zu gelangen. Vielleicht kann er von dort entkommen.

Als der richtige Moment gekommen ist, läuft Tom durch den Durchgang in die nächste Halle. Gleich geht er wieder in Deckung und beobachtet die Umgebung. Hier sind schon merklich mehr von diesen Fremden vorhanden. Das Auffälligste ist ein riesiger Monitor an einer Wand, auf der die Erde angezeigt wird. Davor sind einige dieser Fremden an verschiedenen Bedienelementen und Computern beschäftigt. Nicht weit davon entfernt befindet sich an der Wand etwas, dass wie ein weiterer Durchgang aussieht. Man kann jedoch nicht genau erkennen, wohin er führt. Es sieht nicht so aus, als ob sich dahinter eine andere Halle befindet, sondern eher, dass er ins Freie geht. Doch die typische Mondlandschaft ist nicht zu erkennen. Tom will sich diesem neuen Durchgang nähern, um hoffentlich mehr zu sehen. Es wird allerdings ziemlich schwierig werden an den Fremden vorbeizukommen, ohne entdeckt zu werden. Trotzdem will und muss er es versuchen, wenn er eine Chance haben will herauszukommen.

Er kommt dem Durchgang langsam näher, als plötzlich mehrere rote Lampen anfangen zu blinken. Die Fremden blicken alle auf irgendwelche Monitore, wo wahrscheinlich der Grund dafür angezeigt wird. Tom vermutet, dass es eine Alarmmeldung sein könnte. Ein akustisches Signal kann es hier im luftleeren Raum natürlich nicht geben. Für Tom hat dies auch den Vorteil, dass man ihn nicht hören kann, wenn er sich bewegt. Die Fremden lassen ihre Beschäftigung liegen und laufen zu der Stelle, wo sie sein Fahrzeug abgestellt haben. Nun ist er sich ziemlich sicher, dass die Alarmmeldung ihm gilt. Vielleicht haben sie den fehlenden Sauerstoffbehälter bemerkt. Als sie an ihm vorbeigelaufen sind, nutzt er die Gelegenheit und geht näher auf den Durchgang zu. Leider kann man nicht viel mehr erkennen als vorher. Tom kann immer noch nicht sagen, wohin er führt. Er muss noch näher ran. Doch als er sich noch einmal kurz umschaut, sieht er wie die Fremden zurückkommen, um die Halle systematisch zu durchsuchen. Da erkennt er, dass er dringend handeln muss. Irgendwann werden sie ihn finden. Auch auf die Gefahr hin, dass er jetzt entdeckt wird, läuft er so schnell wie möglich auf den Durchgang zu. Ohne sich noch einmal umzusehen, läuft er hindurch.

## Die Insel

Auf der anderen Seite des Durchgangs angekommen verliert Tom sofort das Gleichgewicht und fällt hin. Sofort steht er wieder auf und bemerkt, dass hier eine viel größere Schwerkraft herrscht. Wie kann das sein? Er schaut sich kurz um, läuft dann aber schnell weiter, da er möglicherweise verfolgt wird, falls sie ihn bemerkt haben. Es sieht so aus, als ob er sich in einer größeren Höhle befindet. Auch scheint sich niemand außer ihm hier aufzuhalten. Am anderen Ende dieser Höhle erkennt Tom möglicherweise einen Ausgang, da von dort Licht hereinscheint. Er läuft darauf zu, was ihm jedoch durch die größere Schwerkraft nicht leicht fällt. Sein Körper muss sich erst langsam daran gewöhnen. Als er den Ausgang erreicht hat, schaut er sich noch kurz um. Es ist noch immer niemand zu sehen. Tom verlässt die Höhle und sieht sich die Umgebung an. Er weiß nicht, wo er ist, aber bestimmt nicht auf dem Mond. Es sieht eher aus wie auf der Erde.

Tom steht gerade auf einem Berg, der von einem dichten Wald umgeben ist. Am Himmel erkennt er eine Sonne und vereinzelte Wolken. Außerdem bemerkt er, dass ein leichter Wind weht. Es muss also eine Atmosphäre geben. Tom hat an seinem

Raumanzug einige Sensoren und Messinstrumente, um die Umgebung zu untersuchen. Er will sich vergewissern, ob er sich vielleicht wirklich auf der Erde befindet. Als er die Messwerte sieht, bestätigt sich seine Vermutung. Doch wenn er auf der Erde ist, wie ist das möglich? Tom fragt sich, ob sich die Hallen, die er auf dem Mond gesehen hat, überhaupt alle dort befinden, oder sind sie in Wirklichkeit weit voneinander entfernt und durch eine Art Portal miteinander verbunden.

Tom geht das Risiko ein und öffnet langsam seinen Helm. Frische Luft kommt an seinen Körper, die er nun einatmen kann. Auch die Umgebungstemperatur ist angenehm. Rasch zieht er seinen Raumanzug aus, um sich besser bewegen zu können. Auf einmal hört er Geräusche, die näherzukommen scheinen. Er schaut sich um und erkennt, dass tatsächlich die Fremden hinter ihm her. Jedoch scheinen sie größere Probleme mit der neuen Schwerkraft zu haben als er. Sie tun sich deutlich schwerer, sich zu bewegen. Das ist vielleicht sein Vorteil, da er diese Schwerkraft gewohnt ist. Sofort läuft er in den Wald hinein. Ziellos bewegt er sich immer weiter geradeaus, da er keine Ahnung hat, wo er sich befindet. Seine Verfolger sind immer noch hinter ihm her. Endlich erreicht er den Waldrand. Plötzlich sieht er vor sich das Meer. Da steht er nun am Strand. Was jetzt? Vor sich das Meer, hinter ihm der Wald mit den Fremden. Er muss auf jeden Fall weiter. Tom entschließt sich den Strand entlang zu laufen, auch auf die Gefahr hin, dass er dabei von den Fremden gesehen wird.

Nach einiger Weile sieht er draußen auf dem Wasser ein Fischerboot vorbeifahren. Sofort winkt er den Leuten auf dem Boot zu und ruft laut um Hilfe. Tatsächlich wird er entdeckt und das Boot dreht in seine Richtung ab. Tom schaut sich um und hält angespannt nach seinen Verfolgern Ausschau. Sie könnten jederzeit auftauchen. Als das Boot schon relativ nahe ist, geht Tom ins Wasser und schwimmt ihm entgegen. Die Fischer holen ihn an Bord und er ist froh, dass er es geschafft hat. Tom beginnt sich mit seinen Rettern zu unterhalten und erfährt dabei, dass er auf einer unbewohnten Insel war und Glück hatte, gerettet zu werden. Dann schaut er noch einmal zurück auf die sich langsam entfernende Insel. Ob die Fremden noch dort sind? Vielleicht wird er eines Tages zurückkommen, aber bestimmt nicht allein.

# Mondwelt

## Aufbruch

Schon lange vermutet man, dass auf dem Mond etwas Besonderes vor sich geht. Immer wieder werden Beobachtungen gemacht, die darauf hindeuten, dass irgendwelche Aktivitäten dort oben im Gange sind. Da die politische Lage auf der Erde im Moment ziemlich angespannt ist, misstraut jede Großmacht der anderen. Keiner weiß, was der Andere gerade macht, um seine Machtstellung auszubauen. Deswegen hat man eine kleine Expedition zum Mond geplant, um herauszufinden, wer da oben ist. Paul hat sich freiwillig bereit erklärt, mit seinem Kollegen Karl, den Flug durchzuführen. Sie haben sich schon eine Zeit lang darauf vorbereitet. Ihr Ziel wird dort sein, wo in letzter Zeit viele auffällige Beobachtungen gemacht worden sind. Man hat ihnen Aufnahmen von den Sichtungen gezeigt, damit sie eine Vorstellung haben, was dort oben auf sie zukommen könnte.

Es ist so weit und Paul begibt sich mit seinem Begleiter Karl zum Raumschiff. Nachdem der Computer die Freigabe gegeben hat, kann es losgehen. Sie starten ihr Raumschiff und fliegen dem Mond entgegen. Nun können sie es sich bequem machen, denn der Computer übernimmt die Steuerung. Schon bald werden sie ihr Ziel erreicht haben.

Am Mond angekommen, fliegen sie direkt auf ihren vorprogrammierten Landeplatz zu. Nachdem sie dort gelandet sind, beobachten sie zuerst die Umgebung, ob da draußen etwas Auffälliges zu sehen ist. Dann versuchen sie die Richtung zu bestimmten, in die sie später gehen müssen. Ihr eigentliches Ziel ist nämlich noch ein Stück von ihrem Landeplatz entfernt. Man wollte nicht, dass sie direkt dort landen, damit sie sich ihrem Ziel so unauffällig wie möglich nähern können.

## Entdeckungen

Paul und Karl ziehen ihre Raumanzüge an und verlassen ihr Raumschiff. Sie gehen in die Richtung, wo sich ihr Zielpunkt befinden soll. Nach einiger Zeit haben sie die Gegend erreicht, die sie genauer untersuchen sollen. Es gibt hier allerdings nichts Besonderes zu sehen. Sie laufen das Gebiet ab, jedoch ohne etwas Auffälliges zu entdecken. Dann beschließen sie, sich auf eine kleine Anhöhe zu begeben, die in der Nähe ist. Von dort aus haben sie einen besseren Überblick über die Umgebung. Als sie dort angekommen sind, beobachten sie sehr genau das Umfeld.

Plötzlich bemerken sie ein leichtes Vibrieren unter ihren Füßen. Dann sehen sie, wie ein großes, fremdartiges Raumschiff aus einem naheliegenden Krater herauskommt. Es steigt zuerst langsam auf und scheint kurzzeitig vor den Augen der Astronauten stehen zu bleiben, bevor es mit einer riesigen Beschleunigung davonfliegt. Paul und Karl stehen wie geschockt da und beobachten das davoneilende fremde Schiff. Als es nicht mehr zu sehen ist, steigen sie die Anhöhe wieder hinab und laufen in Richtung des Kraters, von wo das Raumschiff aufgestiegen ist. Sie stellen sich an den Rand des Kraters und schauen hinein. Doch sie können nichts Außergewöhnliches erkennen. Auch keine Öffnung ins Innere des Mondes ist zu sehen. Da ihr Sauerstoff langsam knapp wird, entschließen sie sich, erst mal zum ihrem Raumschiff zurückzukehren. Später können sie dann zurückkommen, um mehr in Erfahren zu bringen, was hier vor sich geht. Das fremde Raumschiff macht allerdings nicht den Eindruck, dass es irdischen Ursprungs ist.

Beide machen sich auf den Weg zurück zum ihrem Schiff. Nach einer Weile entdecken sie weit draußen am Horizont, dass dort irgendjemand sein muss. Man erkennt, dass sich dort scheinbar Personen aufhalten. Sie sind allerdings zu weit weg, um Genaueres zu erkennen. Schnell laufen sie zum Schiff zurück und hoffen, dass man sie nicht gesehen hat. Als sie endlich wieder in ihrem Raumschiff sind, überlegen beide, wie sie jetzt weitermachen sollen. Zumindest wissen sie, dass da draußen jemand ist, aber nicht, mit wem sie es zu tun haben. Über Funk berichten sie der Bodenstation auf der Erde über das, was sie gesehen haben. Die Antwort war nicht überraschend. Ihre Aufgabe besteht darin, herauszufinden, wer sich auf dem Mond aufhält. Um das in Erfahrung zu bringen, müssen sie noch mehr Beobachtungen machen. Das heißt, dass sie wieder zurück müssen, um sich dort noch einmal genauer umzusehen. Zuerst wollen sie sich aber ein wenig ausruhen, bevor sie sich wieder auf den Weg machen.

## Begegnungen

Wieder machen sich Paul und Karl auf den Weg. Sie gehen zurück zum Krater, wo sie das fremde Raumschiff gesehen hatten. Als sie ihn erreichen, stellen sie sich abermals an den Rand und schauen hinein. Sie können immer noch nichts Außergewöhnliches erkennen. Paul will sich das Innere des Kraters etwas genauer ansehen. Er will alleine hinabsteigen und bittet Karl, am Rande des Kraters auf ihn zu warten. Er weiß nicht, was ihn dort unten erwartet. Falls etwas Unvorhersehbares passieren würde, wären nicht gleich beide betroffen. Paul beginnt mit dem Abstieg. Nach einer Weile hat er den Boden des Kraters erreicht. Er besteht aus einer großen Ebene, die sehr gleichmäßig wirkt. Für Paul wirkt diese Ebene etwas zu ungewöhnlich gleichmäßig. Er kniet sich nieder und streicht mit seiner Hand über den Boden, um den Mondstaub zu entfernen. Was er dann sieht, kann er kaum glauben. Es hat den Anschein, dass er gerade auf einer riesigen Plattform steht. Er hat zwar keine Ahnung, aus was für einem Material sie ist, jedoch ist sie bestimmt nicht natürlichen Ursprungs. Jetzt wird ihm einiges klar. Plötzlich spürt er wieder dieses vibrieren unter seinen Füßen. Schnell läuft er los, um die Ebene so rasch wie möglich zu verlassen. Dann beginnt sich die riesige Platte, auf der er steht, auf einer Seite rasch abzusenken. Durch die sich stetig abfallende Schräge kann sich Paul nicht länger halten und stürzt in die Tiefe. Am Ende angekommen, kommt er dann endlich einige Meter weiter zum Stehen. Er liegt auf dem Boden, der sich allerdings genauso unnatürlich anfühlt, wie die Platte. Als er sich umsieht, erkennt er einen großen, geschlossen Raum. Dann bemerkt er, dass sich ihm etwas von oben nähert. Es ist wieder das fremde Raumschiff, dass gerade auf ihn zufliegt. Paul sieht, wie es nicht weit von ihm landet. Er ist von dem Sturz noch etwas angeschlagen und bleibt einfach liegen, egal was jetzt passieren wird.

Plötzlich hebt sich die Platte wieder an und verschließt die Öffnung. Nun ist es so dunkel, dass man überhaupt nichts erkennen kann. Paul weiß nicht, was um ihn herum passiert. Selbst das Raumschiff sendet kein Licht aus und ist nicht mehr zu sehen. Er weiß, dass er im Moment hier unten hilflos ist und nichts dagegen tun kann. Nicht zu wissen, was passieren wird, macht ihm Angst. Plötzlich bekommt er eine Warnmeldung, dass sein Sauerstoff fast leer ist. Paul erkennt, dass sein Raumanzug bei dem Sturz beschädigt worden ist und deswegen Sauerstoff verliert. Er ist sich jetzt sicher, dass für ihn nun alles vorbei ist. Wer kann ihm jetzt noch helfen? In ein paar Minuten hat er keinen Sauerstoff mehr. Selbst den Insassen des Raumschiffes kann er sich in der Dunkelheit nicht zu erkennen geben, die ihm möglicherweise helfen könnten. Ist überhaupt jemand in dem Raumschiff? Und wenn da drinnen irgendwer ist, wer mag das sein? Wie auch immer, die Zeit läuft ihm davon. Wenn nicht bald etwas passiert, ist es für ihn sowieso vorbei.

Auf einmal bemerkt er, dass irgendetwas Gasförmiges in den Raum hineinströmt. Als er auf seine Sensoren an seinem Raumanzug schaut, stellt er fest, dass es sich um Sauerstoff handeln müsste. Aber woher kommt er? Da er im Moment sowieso keine Zeit und somit keine andere Wahl hat, öffnet er langsam seinen Helm. Er kann es nach dem ersten Atemzug kaum glauben, es ist wirklich Sauerstoff. Auf einmal sieht Paul erste Lichtstrahlen in den Raum dringen. Es beginnt, immer heller zu werden. Dann erkennt er, dass sich gerade ein großes Tor am Ende des Raumes öffnet. Was er dahinter sieht, kann er kaum glauben. Ein riesiger Raum, in dem mehrere solcher fremden Raumschiffe stehen. Auch das Schiff neben ihm startet gerade und fliegt dort hinein. Schnell läuft Paul hinterher, bevor sich das Tor wieder schließt. Nun steht er also inmitten dieser Schiffe und fragt sich, wer das erbaut hat. Er kann sich nicht vorstellen, dass irgendjemand von der Erde, so etwas errichten kann. Auch die

Raumschiffe sind technisch weit voraus. Da muss jemand anderes dahinter stecken.

Einen Moment später wird seine Vermutung bestätigt. Es kommen mehrere Personen auf ihn zugelaufen. Sofort erkennt Paul, dass es keine Menschen sind, auch wenn sie gewisse Ähnlichkeit haben. Was soll er jetzt tun? Instinktiv läuft er davon. In einiger Entfernung sieht er eine geöffnete Tür, durch die er erst mal entkommen will. Als er durchgelaufen ist, muss er feststellen, dass er in einem kleinen Raum ist, der keinen weiteren Ausgang hat. Plötzlich schließt sich die Tür hinter ihm. Dann bemerkt er, dass sich der Raum abwärts bewegt. Er befindet sich wahrscheinlich in einem Fahrstuhl. Wo wird er ihn hinführen? Die Fahrt dauert für Paul schon eine gefühlte Ewigkeit, doch dann bleibt der Fahrstuhl stehen und die Tür öffnet sich wieder.

## Die neue Welt

Paul springt aus dem Fahrstuhl und kann nicht glauben, was er da sieht. Er hat den Eindruck, sich irgendwo auf der Erde zu befinden. Vor ihm sind riesige Felder und kleine Seen zu erkennen, soweit das Auge reicht. Auch einfach gehaltene Gebäude sind dazwischen verteilt. Nur der künstliche Himmel sieht etwas unnatürlich aus. Die ganze Decke leuchtet und taucht die Landschaft in ein angenehmes Licht. Die Temperatur ist ebenfalls sehr angenehm. Auch sind im regelmäßigen Abstand die gleichen Säulen zu erkennen, vor der er im Moment steht. Möglicherweise werden auch sie als Fahrstuhl benutzt, um diese Welt zu betreten.

Da öffnet sich der Fahrstuhl wieder und seine Verfolger stehen plötzlich vor ihm. Paul weiß, dass er ihnen nicht entkommen kann, und wartet ab, was passiert. Ganz unerwartet spricht ihn einer der Fremden an und sagt ihm, dass er keine Angst zu haben braucht. Ihm wird nichts passieren. Da erkennt Paul, dass auch die Fremden den Sauerstoff atmen. Ganz überrascht fragt Paul den Fremden, wer sie sind, woher sie kommen und wieso er seine Sprache spricht. Der antwortet ihm, dass ihr Volk schon lange im Weltraum Siedlungen hat und überall verstreut ist. Woher sie einst gekommen sind, ist nicht genau bekannt. Die Sprache hätte er gelernt, damit er sich mit den Menschen auf der Erde verständigen kann. Übrigens kann er ihn Tiri nennen. Dann dreht sich Paul um und fragt Tiri, wofür diese Landschaften hier gebaut sind. In manchen Gegenden auf der Erde sieht es genauso aus. Mit der Antwort, die Paul daraufhin bekommt, hat er nicht gerechnet. Tiri erzählt ihm, dass sie das Ganze für die Menschen von der Erde gemacht haben. Hier könnten sie sich mit Hilfe von ihnen vorüber neu ansiedeln. Hier sind sie sicher. Als Paul nachfragt, vor was sie hier sicher sind, erklärt ihm Tiri, dass die Erde schon bald nicht mehr bewohnbar sein wird. Um das Überleben der Menschheit zu sichern, sind diese Landschaften nachgebaut, um den Menschen eine zweite Erde zu geben. Paul fragt sich, woher sie denn wissen wollen, was auf der Erde passieren wird. Ob sie wissen, was auf die Menschheit zukommt. Tiri will ihm jedoch nicht sagen, woher sie das Wissen haben und was genau geschehen wird.

Tiri bittet Paul ihm zu folgen und läuft auf eines der neu errichteten Gebäude zu. Dann gehen sie hinein und schauen es sich an. Tiri zeigt Paul die Räumlichkeiten, in denen schließlich einmal Menschen leben sollen. Paul bemerkt, dass alles hochmodern eingerichtet ist, um es den Bewohnern so angenehm wie möglich zu machen. Danach gehen beide gemeinsam wieder nach draußen. Sie laufen hinter das Gebäude, wo sich ein Fahrzeug befindet. Beide steigen ein und Tiri startet die Maschine. Das Fahrzeug hebt ab und sie fliegen über die riesigen künstlichen Landschaften. Tiri zeigt Paul die einzelnen Abschnitte, in welche diese künstliche Welt unterteilt ist. Nach einer Weile kehren sie wieder zurück. Paul ist sichtlich beeindruckt. Dann gibt er Tiri allerdings zu verstehen, dass er wieder zurück zu seinem Raumschiff will, um mit seinem Kollegen Karl zur Erde zurückzukehren. Der wiederum macht ihm jedoch klar, dass das nicht möglich ist. Da er jetzt diese neue Welt kennt, können sie ihn nicht einfach gehen lassen. Die Menschen auf der Erde dürfen nichts davon erfahren. Außerdem sei Karl schon zur Erde zurückgekehrt.

**Endzeit**

Paul hat sich mit seiner Situation zurechtgefunden und lebt jetzt schon seit Längerem in einem dieser Gebäude, die für die Menschen errichtet wurden. Er hat sich dort neben einem See einen Garten angelegt, wo er viel Zeit verbringt. Obwohl er mit allem versorgt wird, was er braucht, will er sich irgendwie beschäftigen. Er kennt bereits die ganze neue Welt und hat alle Gegenden schon besucht. Die Einsamkeit macht ihm allerdings am meisten zu schaffen. Doch eines Tages ändert sich einiges.

Es ist schon einige Zeit vergangen, als Paul wieder einmal mit seinem Garten beschäftigt ist. Da kommt Tiri bei ihm vorbei, doch er ist nicht allein. Paul kann es kaum glauben, wen er da sieht. Es ist sein alter Kollege Karl und drei weitere Begleiter von der Erde. Man sieht Paul an, wie froh er ist, endlich wieder Menschen zu sehen. Im ersten Moment ist es sicher schön für ihn, dass er nicht mehr alleine ist. Doch er weiß auch, dass auch sie hier bleiben müssen. Dann fragt er Karl, wie sie hier hergekommen sind. Der erzählt ihm, dass er zur Erde zurückkehren musste, nachdem Paul verschwunden war. Mit einer zweiten Mission sollten sie ihn dann suchen. Als das Rettungsteam am Krater ankam, wurden sie schon von den Fremden erwartet und hierher gebracht. Doch jetzt will Karl wissen, was das hier unter der Mondoberfläche zu bedeuten hat. Paul geht daraufhin mit Karl und seinen Begleitern in seine Wohnung, wo er ihnen alles erzählt, was er selber weiß. Danach zeigt er ihnen die anderen Räume in diesem Gebäude. Sie könnten sich erst mal hier einrichten, bis sie diese Welt besser kennengelernt hätten. Später könnten sie sich noch entscheiden, wo sie wohnen wollten.

Als Paul mit den Anderen noch einmal nach draußen geht, fragt er Karl, wie es eigentlich im Moment auf der Erde aussieht. Karl erklärt ihm daraufhin, dass die politische Situation auf der Erde ziemlich angespannt ist. Es kann jederzeit zu einer Eskalation kommen. Man hat Angst, dass ein neuer Weltkrieg ausbrechen kann. Hoffentlich wird es nicht so weit kommen.

Wieder ist einige Zeit vergangen. Seine neuen Mitbewohner haben sich bereits eingelebt. Auch einige kleine Felder haben sie mithilfe der Fremden und ihrer Maschinen bestellt, um eigene Nahrungsmittel anzubauen. Tiri hat ihnen den Umgang mit ihrer Technik gezeigt, um sie unabhängiger zu machen.

Paul ist gerade auf einem der Felder beschäftigt, als er plötzlich entdeckt, dass aus einer der Säulen, mit eingebautem Fahrstuhl, einige Menschen herauskommen. Auch bei anderen Säulen bietet sich das gleiche Bild. Paul verständigt die Anderen, um auf die stetig wachsende Menschenmenge aufmerksam zu machen. Sie vermuten, dass etwas Schlimmes auf der Erde passiert ist. Da kommt auch schon Tiri zu ihnen, um sie aufzuklären. Es ist doch noch eingetreten, was man befürchtet hatte. Ein neuer Weltkrieg ist ausgebrochen und hat schon einen großen Teil der Erde zerstört. Sehr viele Menschen sind dabei umgekommen. Man hat bereits mit der Evakuierung einiger Überlebenden begonnen. Natürlich können sie nicht alle retten, aber sie versuchten so viele zu holen, wie die neue Welt hier vertragen kann. Für das Überleben der Menschheit wird es auf jeden Fall reichen. Tiri bittet Paul und die Anderen, sich um die Neuankömmlinge zu kümmern. Sie würden sich hier auskennen und könnten die Neuen einweisen. Sie bekommen auch jede Unterstützung, die sie brauchen. Sogleich machen sie sich an die Arbeit. Jeder bekommt eines dieser Fahrzeuge, mit denen sie zu den einzelnen Menschengruppen fliegen können, um sie über die Situation aufzuklären und in die verschiedenen Gebiete verteilen zu können.

Das Ganze dauert jetzt schon mehrere Tage und noch immer kommen neue Menschen an. Doch bald sind alle Wohnungen belegt und die neue Welt hat ihre Kapazitätsgrenze erreicht. Tiri bittet Paul, sich weiterhin um die Menschen hier zu kümmern und als Vermittler tätig zu sein. Er kann sich jederzeit an ihn wenden, egal, um was es geht. Paul stimmt der Bitte zu, sich um die Organisation von so vielen Bewohnern zu kümmern. Dann fragt er, wie lange die Menschen hier leben sollen. Tiri meint, dass sie so lange hierbleiben müssen, bis sie zur Erde zurückkehren können oder eine neue Heimat für sie gefunden wird. Dann werden auch sie ihre Wurzeln verlieren und müssen draußen im Weltall versuchen zu überleben, wie einst sie selbst. Zum Schluss hat Paul noch eine letzte Frage, bevor Tiri wieder geht. Er will wissen, weshalb sie das für die Menschen tun. Der antwortet ihm mit einem leichten Lächeln, dass sie ihnen helfen müssen. Schließlich haben sie mehr gemeinsam, als Paul je vermuten wird. Paul schaut Tiri etwas verwirrt an, doch dann scheint er verstanden zu haben, was er damit meint.

# Tor drei

## Ankunft

Milan arbeitet beim Militär und ist auf dem Weg zum Planeten Teron. Dieser ist der Erde sehr ähnlich. Seit einiger Zeit haben Wissenschaftler dort eine Basis errichtet, um den Planeten genauer zu untersuchen, bevor er besiedelt werden kann. In letzter Zeit sind allerdings fünf der Wissenschaftler verschwunden. Keiner weiß, was mit ihnen geschehen ist. Deshalb soll Milan und drei weitere Kollegen die Basis bewachen und versuchen herauszufinden, was mit den Vermissten geschehen ist.

Sie haben ihr Ziel erreicht und das Raumschiff landet etwas abseits der Basis. Dort werden sie schon von einigen der Wissenschaftler erwartet. Auch der Leiter der Basis ist selbstverständlich dabei. Er stellt sich ihnen als Martin vor, da sich hier jeder mit seinem Vornamen anredet. Diese empfangen die Neuankömmlinge und begleiten sie zur Basis. Zuerst wird ihnen ihre Unterkunft gezeigt, wo sie erst einmal ihr Gepäck unterbringen können. Danach gehen sie in die Kantine. Dort sollen sich Milan und seine Kollegen erst einmal stärken. Dabei unterhält man sich gegenseitig, um sich auch näher kennenzulernen. Natürlich wird auch das eigentliche Problem angesprochen, nämlich die vermissten Wissenschaftler. Die restlichen Wissenschaftler auf der Basis bekommen allmählich Angst, solange sie nicht wissen, was mit denen passiert ist. Ihre ganze Hoffnung liegt jetzt bei Milan und seinen Kollegen, dass sie das Rätsel lösen können.

Nach dem Essen wird den vier Neuen die gesamte Basis gezeigt. Sie müssen sich hier gut auskennen, um den Überblick zu behalten. Für ihre Überwachung der Basis bekommen sie außerdem einen eigenen Raum zur Verfügung gestellt. Er liegt ziemlich zentral und ist leicht erhöht, um einen guten Rundumblick über die gesamte Basis zu gewährleisten. Danach gehen sie wieder zurück in ihre Zimmer, wo sie in nächster Zeit leben werden. Da es bereits schon spät ist, beschließen Milan und seine Kollegen, sich nach dem langen Tag, erst einmal auszuruhen.

## Zweiter Tag

Am nächsten Morgen begeben sich die vier Kollegen in ihre neue Zentrale, den zur Verfügung gestellten Raum. Dort besprechen sie ihren Einsatzplan. Es werden immer zwei Leute zusammenarbeiten. Die eine Gruppe am Tag und die andere Gruppe in der Nacht. Einer von beiden Partnern soll auf einer festgelegten Route durch die Anlage laufen, während der Andere in der Zentrale die Umgebung im Auge behält. Nach der fertigen Einteilung laufen sie durch die Basis, um ihre Route festzulegen, die sie auf ihrem Rundgang zurücklegen werden. Danach besprechen sie ihren fertigen Plan noch mit dem Leiter der Basis. Nach seinem Einverständnis begeben sich die neuen Wachleute in ihre Zimmer. Morgen können sie dann mit ihrer Arbeit beginnen.

Am nächsten Morgen übernehmen zwei Kollegen von Milan die Tagschicht. Milan übernimmt dann mit seinem Kollegen Fred die Nachtschicht. Während Fred in der Zentrale die Umgebung beobachtet, geht Milan auf seinen ersten Rundgang. Er hält sich dabei an die von ihnen festgelegte Route. Zuerst durchläuft er den inneren Teil des Gebäudekomplexes, danach geht er nach draußen, um die Außenanlage zu kontrollieren. Dabei beginnt er am Tor eins, dem Haupttor. Dann läuft er innen den Zaun entlang, der die Basis umschließt, an Tor zwei, drei und vier vorbei, bis er wieder am Tor eins angekommen ist. Somit ist der erste Rundgang beendet und Milan geht zu Fred in die Zentrale zurück. Dort stellen beide fest, dass sie nichts Außergewöhnliches bemerkt haben. Beide befinden sich jetzt in der Zentrale und beobachten vorübergehend gemeinsam die Umgebung, bis Milan wieder seinen nächsten Rundgang macht.

Kurz vor Schichtende macht sich Milan auf den Weg zu seiner letzten Runde. Wieder hält er sich an die vorgegebene Route. Auch diesmal ist nichts Ungewöhnliches zu erkennen, bis er an Tor drei kommt. Als er gerade dort vorbeiläuft, bemerkt er auf der anderen Seite des Tores, etwas Besonderes. Zuerst ist es ihm nicht aufgefallen. Erst als er genauer hinsieht, erkennt er die außergewöhnliche Situation. Da ist ein Schatten auf dem Boden, der von einem menschlichen Körper stammen könnte. Doch woher stammt dieser? Es ist nicht zu erkennen, wer oder was diesen Schatten erzeugt. Milan beobachtet den Schatten auf dem Boden ganz genau, ob er sich bewegt. Doch er bleibt unverändert an Ort und Stelle. Dann versucht er anhand der Anordnung der Beleuchtung, die die Umgebung erhellt, herauszufinden, wo sich das Objekt befinden müsste, welches für den Schatten verantwortlich wäre. Allerdings ist nichts zu erkennen, was sich zwischen der Lichtquelle und dem Schatten befindet. Milan lässt das keine Ruhe und will unbedingt herausfinden, ob sich da draußen vor dem Tor etwas befindet. Er hebt einen kleinen Stein auf, der zufällig vor ihm auf dem Boden liegt, und wirft ihn in Richtung des Schattens. Der Stein fliegt einfach weiter, ohne etwas zu berühren. Daraufhin sucht er noch mehr Steine zusammen, um noch einmal zu werfen. Er wirft sie alle gleichzeitig auf den Schatten zu, in der Hoffnung, dass einer davon etwas trifft. Doch auch diesmal fliegen alle Steine ungebremst über den Schatten hinweg. Noch einen kurzen Moment lang starrt er auf den Schatten, bevor er beschließt, weiter zu gehen. Nachdem Milan seine Runde zu Ende gelaufen hat, kehrt er zur Zentrale zurück. Dort erzählt er seinem Kollegen Fred von seinem Erlebnis vor Tor drei. Dieser meinte allerdings, dass es dafür bestimmt eine plausible Erklärung geben muss. Milan solle sich keine großen Gedanken darüber machen. Doch die macht sich Milan.

**Dritter Tag**

Am nächsten Abend, als Milan und Fred ihre beiden anderen Kollegen in ihrer Zentrale ablösen, fragt Milan, ob jemand von ihnen etwas Ungewöhnliches bemerkt hatte. Doch keinem war etwas Besonderes aufgefallen. Milan will sie nicht direkt auf den Schatten vor Tor drei ansprechen, bevor er sich nicht sicher ist, was da wirklich war. Eigentlich wäre Fred mit dem Rundgang dran, doch Milan möchte diese Nacht noch einmal laufen. Vielleicht ist dieser Schatten wieder da. Für Fred ist das gerade recht. So kann er die ganze Nacht in der Zentrale verbringen und muss nicht überall herumlaufen.

Milan beginnt wieder seinen Rundgang durch das Gebäude der Basis. Danach geht er wieder nach draußen zum Haupttor. Auch da schaut er sich schon den Platz vor dem Tor genauer an, als am Tag zuvor. Danach beobachtet er die Umgebung außerhalb des Tores, aber er kann nichts Außergewöhnliches erkennen. Er läuft weiter am Zaun entlang zu Tor zwei und beobachtet dabei mit gleicher Sorgfalt die äußere Umgebung. Weiter geht es zu Tor drei, wo er am Tag zuvor den unerklärlichen Schatten gesehen hatte. Doch im Moment ist nichts dergleichen zu erkennen. Milan bleibt noch eine Weile vor dem Tor stehen. Plötzlich kommt aus dem Dunkel ein Schatten heraus, der sich langsam den Boden entlang bewegt. Wieder hat er die Umrisse eines menschlichen Körpers. Er kommt direkt auf das Tor zu, vor dem Milan soeben steht. Trotz innerer Anspannung bleibt Milan regungslos stehen. Er wartet ab, was gleich passieren wird. Kurz vor dem Tor kommt der Schatten zum Stehen. Wenn das ein Schatten von jemandem ist, den er weder sehen noch fühlen kann, dann müsste er jetzt direkt vor ihm stehen. Milan versucht irgendetwas zu erkennen, was da vor ihm stehen könnte, doch er bemerkt nichts. Dennoch scheint er die Anwesenheit von jemandem zu spüren. Er fast seinen ganzen Mut zusammen und streckt seinen rechten Arm durch den Zaun, in der Hoffnung, doch etwas berühren zu können. Doch auch da scheint nichts zu sein. Er bewegt seinen Arm hin und her, doch ohne Erfolg. Dann geht Milan einige Schritte zurück, um zu sehen, ob der Schatten ihm folgt. Doch der bewegt sich wieder zurück in die Dunkelheit. Daraufhin geht Milan weiter.

Als Milan zurück in der Zentrale ist, berichtet er Fred sofort von seiner erneuten Begegnung mit dem Schatten. Auch wenn Fred immer noch nicht ganz überzeugt von der Sache ist, für Milan ist der Schatten ein Phänomen, das untersucht werden muss. Nach einer Weile macht sich Milan auf den Weg zur nächsten Runde. Wieder läuft er den gleichen, vorgeschrieben Weg. Da nichts Außergewöhnliches passiert, ist er sehr gelassen. Doch als er auf Tor drei zugeht, steigt bei ihm die Anspannung, denn er weiß nicht, was ihn diesmal erwartet. Da ist er wieder, der Schatten. Doch diesmal befindet er sich regungslos hinter dem Tor. Milan stellt sich vor das Tor und versucht den Schatten anzusprechen, doch dieser reagiert nicht darauf. Vielleicht können sie sich auch nicht auf diese Weise verständigen. Milan wartet noch ein wenig auf eine Reaktion. Als diese ausbleibt, läuft er weiter. Zurück in der Zentrale, denkt er noch einmal über das Erlebte nach. Er muss etwas tun, um herauszufinden, was es mit dem Schatten auf sich hat.

## Vierter Tag

Milan macht sich noch vor seinem Dienstantritt auf den Weg zum Leiter der Basis. Er möchte diesen auf die Schatten ansprechen. Sie haben sich in dessen Büro verabredet. Dort angekommen begrüßen sich die beiden. Dann fragt er nach seinem Anliegen. Milan erzählt ihm daraufhin seine Begegnungen mit dem Schatten. Nun möchte er gerne wissen, ob außer ihm noch jemand einen gesehen hat, vielleicht sogar Kontakt mit ihm aufnehmen konnte. Man sieht Martin an, dass er auf diese Frage nicht gefasst ist. Er starrt vor sich hin, als ob er nicht weiß, was er sagen soll. Nach einer Weile schaut er zu Milan und fragt ihn, ob er auch sicher sei, was er da gesehen hatte. Doch dieser ist sich ganz sicher, dass da etwas nicht Erklärbares ist. Martin fragt noch einmal nach, ob der Schatten tatsächlich von einem Menschen stammen könnte. Als Milan es bejaht, gesteht Martin, schon einmal davon gehört zu haben. Nachdem der erste Wissenschaftler verschwand, habe einige Zeit später ein Kollege so einen Schatten gesehen. Kurze Zeit später verschwand auch dieser Mann. Mehr könne er nicht dazu sagen. Das ist zwar nicht viel, dennoch bedankt sich Milan bei Martin für seine Auskunft und verabschiedet sich.

Milan geht daraufhin direkt zu Tor drei, um zu sehen, ob auch bei Tageslicht der Schatten zu sehen ist. Als er dort ankommt, beobachtet er sofort die Umgebung hinter dem Tor. Im Moment kann er noch keinen Schatten erkennen. Er wartet noch einige Zeit, ob doch noch einer kommt, doch nichts passiert. Für Milan wird es langsam Zeit sich zur Zentrale zu begeben, da sein Dienst bald beginnt. Dort warten schon seine Kollegen Fred und die beiden anderen Kollegen von der Tagschicht auf ihn. Sie unterhalten sich noch ein wenig, bevor Milan sich auf den Weg zu seiner ersten Runde macht.

Der Rundgang von Milan beginnt auch diesmal ohne jegliche Vorkommnisse. Wie in letzter Zeit üblich, ist er gespannt, was ihn bei Tor drei erwartet. Dort angekommen hält er natürlich sofort nach dem Schatten Ausschau. Als ob dieser auf Milan gewartet hätte, kommt er plötzlich aus der Dunkelheit ins Licht der Scheinwerfer, die den Vorplatz erhellen. Wieder bewegt er sich direkt auf Milan zu, der direkt vor dem Tor steht. Doch diesmal bleibt der Schatten nicht hinter dem Tor stehen, sondern bewegt sich einfach weiter unter ihm hindurch. Milan hat damit überhaupt nicht gerechnet. Als der Schatten sich direkt vor seinen Füßen befindet, dreht sich Milan um und läuft davon, bevor er ihn berührt. Er weiß noch nichts über den Schatten und will kein Risiko eingehen. Nach einigen Metern schaut er sich um und erkennt, dass sich der Schatten nicht weiter bewegt. Milan bleibt stehen und beobachtet voll konzentriert, wie sich der Schatten verhalten wird. Noch ein paar Sekunden bleibt dieser regungslos auf der Stelle und bewegt sich dann plötzlich wieder unter dem Tor hindurch nach draußen, wo er dann verschwindet. Milan versucht zu verstehen, was da gerade passiert ist. Warum hat ihn der Schatten nicht weiter verfolgt? Was wollte der Schatten von ihm? Milan geht seine Runde weiter und danach zurück in die Zentrale. Wieder erzählt er Fred sein neuestes Erlebnis an Tor drei. Danach setzt er sich erst einmal gemütlich hin und denkt nach.

Einige Zeit später macht sich Milan erneut auf den Weg zu einem weiteren Rundgang. Auch diesmal gibt es keine besonderen Vorkommnisse, bis er sich wieder Tor drei nähert. Vorsichtig nähert er sich dem Tor, da er nicht weiß, was ihn diesmal dort erwartet. Als ob der Schatten auf ihn gewartet hätte, kommt er wieder aus der Dunkelheit auf Milan zu. Doch diesmal will Milan nicht davonlaufen, sondern abwarten, was passiert. Er möchte wissen, was der Schatten von ihm will. Dieser kommt dem Tor immer näher und bewegt sich, wieder unter dem Tor durch, auf Milan zu. Kurz vor seinen Füßen bleibt er plötzlich stehen. Milan nimmt seinen ganzen Mut zusammen und bleibt einfach regungslos auf der Stelle. Da sich der Schatten auch nicht weiter bewegt, bückt sich Milan und versucht den Schatten auf dem Boden zu ertasten. Als seine Finger den Boden mit dem Schatten berühren, spürt er eine Art von Energie, die er nicht beschreiben kann. Er hatte vorher so etwas noch nicht gespürt. Der Finger dringt dabei immer weiter in den Schatten ein. Schnell zieht Milan den Finger wieder heraus. Es hat den Anschein, als ob dieser Schatten kein richtiger Schatten ist, sondern eine eigenständige Lebensform. Milan stellt sich wieder hin und der Schatten zieht sich zurück. Vielleicht wollte der Schatten damit erreichen, dass Milan erkennt, dass er ein eigenständiges Individuum ist. Milan will gerade weiterlaufen, als der Schatten zurückkehrt. Er ist jedoch nicht allein. Insgesamt fünf solcher Schatten sind plötzlich auf dem Platz vor dem Tor zu sehen. Jeder von ihnen hat seine eigene menschliche Form. Es hat den Anschein, als würden sie alle in seine Richtung blicken. Milan traut der Situation nicht ganz und entschließt sich weiterzugehen, um seine Runde zu Ende zu bringen. In der Zentrale angekommen, setzt er sich wieder erst einmal gemütlich hin. Natürlich ist Fred schon neugierig, was es Neues von Tor drei gibt. Natürlich klärt Milan seinen Kollegen auf, obwohl er selber noch nicht genau weiß, was er von der Situation halten soll. Er wird dem Basisleiter Martin nochmal einen Besuch abstatten müssen.

## Fünfter Tag

Milan hat sich erneut einen Termin bei Martin geben lassen und sucht ihn nachmittags in seinem Büro auf. Der empfängt ihn freundlich, aber auch leicht angespannt. Natürlich will er sofort wissen, ob es Neuigkeiten von dem Schattenphänomen gibt. Da Milan genau deswegen hier ist, berichtet er seine neuen Erlebnisse. Er spricht auch seine Vermutung aus, dass es sich bei dem sogenannten Schatten um ein eigenständiges Lebewesen handeln könnte. Martin gibt zu, noch nie von solch einer Art von Lebewesen gehört zu haben. Auf jeden Fall würde ihn interessieren, ob diese Individuen etwas mit den verschwundenen Wissenschaftlern zu tun haben könnten. Die gleiche Frage stellt sich auch Milan, der noch einmal betont, dass er fünf dieser Schatten gesehen hatte. Martin scheint noch einmal über diese Bemerkung nachzudenken, bis er scheinbar versteht, worauf Milan hinaus will. Dieser verabschiedet sich daraufhin noch kurz und begibt sich zu seinen Kollegen in die Zentrale.

Als Milan in der Zentrale angekommen ist, befragt er seine Kollegen von der Tagschicht, ob ihnen an Tor drei nichts Ungewöhnliches aufgefallen sei. Als diese die Frage verneinen, wollen sie doch gerne wissen, auf was er genau anspiele. Milan weiß, dass er ihnen seine Erlebnisse an Tor drei erzählen muss, um Informationen zu bekommen. Also beginnt Milan auch ihnen, seine Begegnungen mit den Schatten, zu erzählen. Auch danach können die Kollegen nur wieder bestätigen, noch nie etwas in der Art gesehen zu haben. Milan erinnert sich, dass auch er am Tage noch keinen dieser Schatten gesehen hatte. Ob sie womöglich das Tageslicht meiden?

Auch diese Nacht geht Milan seinen gewohnten Rundgang durch die Anlage. Wie immer gibt es nichts Ungewöhnliches zu beobachten. Nur der Umgebung hinter Tor drei schenkt er wieder besondere Aufmerksamkeit. Doch diesmal kann er keinen Schatten erkennen. Auch nach längerem Warten bleibt der Platz hinter dem Tor leer. Leicht verwundert läuft Milan weiter. Erst als er seinen nächsten Rundgang antritt und an Tor drei ankommt, erkennt er einen Schatten aus der Dunkelheit herauskommen. Der war jedoch nicht allein und auf einmal waren wieder fünf dieser Schatten hinter dem Tor zu sehen. Milan bleibt in einiger Entfernung vor dem Tor stehen und wartet ab. Die Schatten sind momentan regungslos und scheinen direkt in seine Richtung zu zeigen, als würden sie ihn wieder ansehen. Für Milan kommt es so vor, als wollten sie etwas von ihm. Als sich nach einer Weile nichts an der Situation ändert, fast Milan den Entschluss, durch das Tor nach draußen zu gehen. Er will unbedingt wissen, mit wem er es zu tun hat. Deshalb muss er einfach aktiver werden und auf die Schatten zugehen. Als er auf dem Vorplatz inmitten der fünf Schatten steht, beginnen sich diese nacheinander in eine bestimmte Richtung wegzubewegen. Er nutzt die Gelegenheit und folgt ihnen.

Milan läuft den Schatten hinterher, bis diese in der Dunkelheit verschwinden. Sofort schaltet Milan seine Taschenlampe an, die er bei seinem Rundgang immer dabei hat. Dadurch kann er die Schatten durch das Licht der Lampe wieder erkennen und weiter verfolgen. Die Verfolgung geht in Richtung eines angrenzenden Waldes. Dort geht es hinein, wobei Milan mächtig Mühe hat, die Schatten nicht aus den Augen zu verlieren. Plötzlich erreichen sie einen Höhleneingang. Die Schatten bewegen sich darauf zu und bleiben direkt davor stehen. Sie formieren sich und befinden sich nun alle nebeneinander vor dem Eingang. Milan weiß nicht genau, wie er diese Konstellation interpretieren soll. Wollen die Schatten ihn davor warnen in die Höhle zu gehen und hab sich deshalb vor dem Eingang positioniert? Milan hat keine Ahnung, was er nun tun soll. Interessieren würde es ihn schon, was sich hinter dem Eingang befindet. Da kommen plötzlich die ersten Sonnenstrahlen der Morgendämmerung durch die Bäume. Schnell werden die Schatten unruhig und verschwinden einer nach dem anderen in der Höhle. Milans Vermutung scheint sich zu bestätigen, dass die Schatten das Sonnenlicht nicht vertragen. Möglicherweise ist bei diesem Licht eine bestimmte Strahlung vorhanden, die für die Schatten schädlich ist. Zumindest ist für Milan jetzt klar, dass er den Schatten in die Höhle folgen wird.

Mit seiner Lampe folgt er den Schatten durch den Eingang in die Höhle. Dort geht es dann einen langen, verschlungenen Weg entlang, der sich durch die Höhle zieht. Nach einer Weile hat Milan das Ende des Weges erreicht und steht nun vor einer dunklen Wand. Er geht auf sie zu, um sie genauer zu betrachten. Als er sich die Oberfläche der Wand genauer anschaut, kann er keine Struktur erkennen, auch wenn er sie direkt anleuchtet. Es scheint, als ob das Licht vollkommen absorbiert wird. Da bemerkt er, dass er die Schatten aus den Augen verloren hat. Er leuchtet mit seiner Lampe die Umgebung ab, kann allerdings keinen dieser Schatten mehr entdecken. Doch etwas scheint er dennoch entdeckt zu haben. Am Rande der dunklen Wand erkennt Milan die eigentliche Struktur einer Steinwand. Es hat den Anschein, als ob sich eine zweidimensionale Ebene auf der eigentlichen Wand befindet. Dann hebt er einen kleinen Stein vom Boden auf und wirft ihn auf die Wand zu. Dieser verschwindet einfach darin. Milan fragt sich, ob die Schatten dort hineingegangen sind. Auch wenn er nicht weiß, was auf ihn zukommt, möchte Milan wissen, was sich dahinter befindet. Er läuft langsam auf diese besondere Wand zu, bis auch er darin verschwindet.

Fred befindet sich in der Zentrale und wartet auf seinen Kollegen Milan, der schon längst wieder zurück sein müsste. Auch über sein Funkgerät kann er ihn nicht erreichen. Da es draußen schon hell ist und die Tagschicht bereits eingetroffen ist, beschließt Fred, nach Milan zu suchen. Er läuft den ganzen Weg ab, den auch Milan bei seinem Rundgang läuft. Doch Fred kann ihn nicht finden. Jeden Mitarbeiter der Basis befragt er nach Milan, doch keiner weiß, wo dieser sich befindet. Dann fällt ihm die Geschichte mit den Schatten an Tor drei ein und geht noch einmal dorthin. Aber auch da ist dieser nicht zu sehen. Auch diese Schatten waren nicht zu erkennen, von denen Milan immer erzählt hat. Da erinnert sich Fred, dass man keine Schatten bei Tageslicht entdecken würde. So entschließt er sich am Abend, nach Sonnenuntergang, noch einmal zum Tor zu kommen.

Am Abend, nach Einbruch der Dunkelheit, steht Fred vor Tor drei. Er schaut sich die Umgebung genau an und hofft, etwas zu entdecken, was ihn bei seiner Suche weiterbringen könnte. Möglicherweise hat das Verschwinden von Milan, wie den anderen vermissten Mitarbeitern der Basis, etwas mit den Schatten zu tun. Geduldig wartet er am Tor, bis nach einer Weile tatsächlich ein Schatten, aus der Dunkelheit heraus, auf dem Vorplatz auftaucht. Das ist das erste Mal, dass Fred einen dieser Schatten sieht, von deren Existenz er selber immer gezweifelt hatte. Plötzlich tauchen noch mehr davon auf. Fred erinnert sich, dass Milan zum Schluss von fünf Schatten gesprochen hatte. Jedoch sind hinter dem Tor sechs dieser Schatten zu sehen. Kurze Zeit später verschwinden sie wieder nacheinander in der Dunkelheit. Fred entschließt sich ihnen zu folgen, in der Hoffnung, dass sie ihn zu Milan führen. Er weiß in diesem Moment noch nicht, wie Recht er damit haben wird.

# Die andere Welt

## Die Sichtung

Es ist ein angenehmer Sommerabend, an dem Martin zur Entspannung auf seiner Terrasse sitzt und den Tag ausklingen lässt. Als die Nacht hereinbricht, kann man die ganze Pracht eines wolkenlosen Sternenhimmels betrachten. Schon oft hat Martin nachts den Himmel beobachtet und kennt den Sternenhimmel. Auch jetzt schaut er sich ein paar markante Sternformationen an. Bis ihm an einer klaren Nacht etwas auffällt. Da scheint er einen kleinen, hellen Punkt zu erkennen, wo normalerweise keiner zu sehen ist. Er hat die Stelle schon öfter gesehen und ist sich sehr sicher, dass an dieser Stelle noch nie ein Stern zu sehen war. Da der Punkt sehr klein ist, holt er sein Fernglas und betrachtet ihn damit. Dieser wirkt zwar nur etwas größer, doch für Martin ist somit klar, dass da etwas ist, was vorher nicht da war.

Am nächsten Abend sitzt Martin wieder draußen und genießt das angenehme, warme Wetter. Als die Nacht langsam hereinbricht und die ersten Sterne zu sehen sind, fällt ihm wieder seine Beobachtung vom Vortag ein. Nachdem es dunkel genug ist, sucht er die Stelle, wo er zuvor den neuen hellen Punkt am Nachthimmel gesehen hatte. Tatsächlich ist er auch diesmal wieder an der gleichen Stelle. Um sicherzugehen, ob da zuvor wirklich kein Stern vorhanden war, sucht er im Internet nach einer Sternkarte von diesem Bereich. Nachdem er eine entsprechende Karte gefunden und sie mit der Stelle am Nachthimmel verglichen hat, bestätigt sich seine Vermutung. An dieser Stelle dürfte sich nichts Erkennbares befinden.

Nachdem Martin eine Woche lang den Nachthimmel beobachtete, entschließt er sich eines Morgens bei einer Sternwarte anzurufen, um sich über diesen neuen Himmelskörper zu informieren. Dort ist das neue Objekt zwar schon bekannt, jedoch kann noch niemand Genaueres darüber sagen. So muss Martin eben abwarten und weiter selber die Sterne beobachten. So schaut er jede Nacht, sofern es das Wetter zulässt, nach dem neuen Licht am Himmel. Auf jeden Fall ist nach einiger Zeit deutlich zu erkennen, dass das Licht allmählich größer wird. Wenn es sich um ein Objekt handelt, scheint es in Richtung Erde zu fliegen. Martin telefoniert noch mal mit der Sternwarte. Doch auch dieses Mal kann keiner etwas Neues über das Objekt sagen.

Eine Woche später sieht Martin das erste Mal in den Medien eine kurze Meldung über das neu entdeckte Objekt am Nachthimmel. Da man noch keine Ahnung hat, wobei es sich handelt, haben einige Observatorien ihre Teleskope auf das Objekt gerichtet, um es zu beobachten. Auch ein Weltraumteleskop hat sich darauf ausgerichtet. Nach ein paar Tagen kommt ein neuer Bericht darüber, dass die Teleskope keine eindeutigen Erkenntnisse über das Objekt erhalten haben. Deswegen soll baldmöglichst eine Sonde gestartet werden, um Klarheit darüber zu erlangen, um was es sich da draußen handelt.

## Die Sonde

Da das Objekt stetig größer wird und man keine Zeit verlieren will, hat man eine bereits verplante Sonde zum Flug dorthin vorbereitet. Eine Rakete wird schnellstmöglich startklar gemacht, um die Sonde ins All zu schicken. Dann ist es endlich so weit. Die Rakete hebt ab und die Sonde beginnt ihren weiten Flug.

Nach einiger Zeit kommt die Nachricht, dass die Sonde ihr Ziel erreicht hat. Gespannt wartet man in der Kontrollstation des Raumfahrtzentrums auf die ersten Bilder der Sonde, die das mysteriöse Objekt von der Nähe zeigen. Zwar erkennt man weiterhin nur ein blendend, helles Licht, aber man kann jetzt schon erkennen, dass das Objekt das Sonnenlicht reflektiert und nicht selber leuchtet. Je näher die Sonde ihrem Ziel kommt, umso mehr kann man das Objekt erkennen. Als die Sonde direkt danebensteht und nebenher fliegt, ist eindeutig die runde Form zu sehen. Es hat einen Durchmesser von ungefähr einem Kilometer. Außerdem scheint die Oberfläche metallisch zu sein, was die starke Reflexion des Sonnenlichts erklären würde. Auf der Oberfläche sind auch vereinzelt Strukturen zu erkennen, die darauf hindeuten, dass man von einem künstlichen Objekt ausgehen kann. Möglicherweise ist es ein Raumschiff, was man allerdings im Moment nicht genau beurteilen kann. Die Sonde macht von allen Seiten der Kugel Aufnahmen und schickt sie zur Erde. Dort schaut man sich die Bilder zwar an, dennoch weiß man nicht, mit wem oder was man es zu tun hat. Ist es ein Raumschiff, eine Sonde, ein Satellit oder etwas ganz anderes, das gerade auf die Erde zufliegt? Die Zeit drängt, da das Objekt der Erde bereits schon ziemlich nahe gekommen ist. Am Nachthimmel leuchtet es schon so hell, wie die hellsten Sterne.

Im Raumfahrtzentrum macht man sich inzwischen Gedanken, was man jetzt tun soll. Eine große, künstliche Kugel fliegt in Richtung Erde und keiner weiß, worum es sich handelt. Das Risiko ist einfach zu groß, um einfach abzuwarten, was passieren wird. Nach langem Überlegen kommt man zum Entschluss, schnellstmöglich eine weitere Reise zu dem Objekt zu organisieren. Diesmal jedoch soll es eine bemannte Expedition sein. Man will versuchen auf die Kugel zu gelangen, um sie dann genauer zu untersuchen. Möglicherweise findet man auch eine Möglichkeit, das Ding davon abzuhalten, weiter in Richtung Erde zu fliegen, bevor sie dort noch einschlägt und

Schaden anrichten könnte.

## Die Raumfähre

Schnellstens versucht man eine Raumfähre so vorzubereiten, dass sie zwei Personen zu der Kugel bringen kann. Man hat auch schon die Astronauten dafür herausgesucht. Es sind Ingo und Iris. Beide waren schon bei Missionen im All dabei und haben Erfahrung. Man traut ihnen diese wichtige Expedition zu, die sie auf eine längere Reise bringen wird.

Als die Raumfähre startklar ist, begeben sich die beiden Astronauten hinein und machen sich für den Start bereit. Jeder sitzt nun auf seinem Platz und wartet, bis nach erfolgter Systemprüfung, der Start eingeleitet wird. Dann ist es endlich so weit und die Raumfähre hebt ab. Nachdem sie das Weltall erreicht hat, fliegt sie direkt auf ihr Ziel zu. Man kann froh sein, dass man diese neue Klasse der Raumfähren überhaupt hat. Diese sind erst seit zwei Jahren im Einsatz. Man kann nur hoffen, dass die Reise gut verläuft. So einen langen Flug hatte sie noch nicht bestehen müssen.

Ingo und Iris haben jetzt viel Zeit, bis sie ihr Ziel erreichen. Sie schauen sich in der Zwischenzeit die Aufnahmen an, die die Sonde von dem Objekt gemacht hat. Somit können sie sich eine Vorstellung verschaffen, mit was sie es zu tun haben werden. Auch haben sie die Möglichkeit, von ihrer Fähre aus, die Sonde zu steuern. So können sie sich vorab genauer mit der Oberfläche dieser Kugel beschäftigen und ein genaueres Bild von ihr machen. Womöglich finden sie sogar einen Zugang ins Innere. Die Sonde hat die Oberfläche bereits analysiert und festgestellt, dass es eine Art Metall ist, die es allerdings in dieser Zusammensetzung auf der Erde nicht gibt. Immer wieder kommen neue Daten von der Sonde herein, welche allerdings nicht viel weiter bringen. Auch darüber, wie das Objekt angetrieben wird, gibt es keine Informationen. Allerdings hat die Sonde auch nicht die entsprechenden Sensoren und Messinstrumente, um herauszufinden, was sich im Inneren der Kugel verbirgt. Da müssen dann die beiden Astronauten versuchen, es herauszufinden.

Die Raumfähre mit den beiden Astronauten nähert sich langsam ihrem Ziel. Allmählich können sie die Kugel erkennen, die ihnen entgegenfliegt. Ingo und Iris bereiten sich bereits darauf vor, die Raumfähre im richtigen Moment so auszurichten, dass sie neben der Kugel herfliegt. Als es so weit ist, ist die Anspannung bei beiden deutlich zu spüren, aber alles klappt wie geplant. Nun können sich die beiden auf den Ausstieg vorbereiten. Es ist so geplant, dass Iris in der Raumfähre bleibt, während Ingo die Kugel untersucht.

Ingo hat inzwischen seinen Raumanzug angezogen und macht sich bereit, auf die Kugel überzusetzen. Er befestigt seinen Raumanzug an einem Seil, an dem er mit der Raumfähre verbunden bleibt, wenn er mit seinem Raketenrucksack zur Kugel hinüberfliegt. Dann ist es so weit. Ingo bewegt sich von der Raumfähre in Richtung Kugel. Da das fremde Objekt sehr groß ist, muss er unterwegs kaum seine Richtung korrigieren. Er kommt der Oberfläche stetig näher, bis er schließlich sicher auf ihr landet. Das Objekt ist allerdings nicht groß genug, um eine einigermaßen akzeptable Anziehungskraft zu erzeugen. Somit kann Ingo nicht einfach darauf herumlaufen, sondern fliegt eigentlich mehr über die Oberfläche. Dennoch versucht er, trotz der schwierigen Bedingungen, soviel wie möglich, zu entdecken.

Mit dem Raketenrucksack bewegt sich Ingo so nahe wie möglich über die Oberfläche der Kugel. Das Objekt hat eindeutig eine metallartige, gleichmäßige Oberfläche. Ingo fliegt an einigen Dingen vorbei, die wahrscheinlich Sensoren oder Antennen sind. Dann erkennt er etwas, dessen Umrisse auf der Oberfläche womöglich auf eine geschlossene Luke hindeutet. Er untersucht diese Stelle genauer, kann aber nicht erkennen, wie man sie öffnen könnte. Also fliegt er weiter, bis er diese großen Schriftzeichen sieht, die er schon von den Aufnahmen der Sonde her kennt. Sie sind sehr groß, wahrscheinlich, damit man sie von Weitem erkennen kann. Doch Ingo hat solche Zeichen noch nie gesehen und kann damit im Moment nichts anfangen. So bewegt er sich weiter, bis er erneut auf Stellen trifft, die möglicherweise geschossene Luken sind. Sie sind unterschiedlich groß und haben verschiedene Formen. Außerdem sind sie regelmäßig an verschiedenen Stellen auf der Kugel verteilt. Das Objekt scheint ringsherum geschlossen zu sein. Keine Möglichkeit zu erkennen, wie man da hineinkommt.

Ingo bricht seine Erkundung ab und kehrt zur Raumfähre zurück. Er setzt sich mit Iris an das Funkgerät und berichtet der Bodenstation auf der Erde über seinen Einsatz. Da man im Moment keine Möglichkeit sieht, auf das Objekt Einfluss zu nehmen und man noch immer nicht weiß, mit was man es hier genau zu tun hat, überlegt man den nächsten Schritt.

## Die Annäherung

Das Objekt ist der Erde inzwischen so nahe, dass man es sogar tagsüber am Himmel als großen, leuchtenden Punkt sehen kann. Da man noch nicht weiß, was passieren wird, erwähnt man die Möglichkeit, die Kugel gegebenenfalls rechtzeitig abzufangen. Wieder macht man eine neue Rakete startbereit. Doch diesmal wird sie mit Atombomben bestückt, die im Notfall das Objekt zerstören sollen. Es wäre die letzte Option, um einen direkten Einschlag auf die Erde zu verhindern.

Einige Zeit später ist es dann so weit. Da das Objekt noch immer in direkter Linie auf die Erde zufliegt, entscheidet man sich, die mit Atombomben bestückte Rakete zu starten. Es ist die letzte Möglichkeit, die Kugel noch rechtzeitig abzufangen.

Iris bekommt die Nachricht vom Start der Rakete über Funk mitgeteilt. Noch immer fliegen sie in ihrer Raumfähre neben der Kugel her, um sie zu erkunden. Allerdings haben sie nichts Neues entdecken können. Auch bei der Kugel gab es keine Veränderungen. Ingo befindet sich gerade wieder auf der Kugel, in der Hoffnung, doch noch etwas zu finden, was ihnen weiterhelfen könnte. Da bekommt er von Iris die Meldung, dass er zur Raumfähre zurückkehren soll. Sie müssen die Kugel verlassen, bevor die Rakete eintrifft. Sie müssen auf einen Sicherheitsabstand kommen, bevor die Kugel zerstört wird.

Ingo und Iris bereiten gerade die Raumfähre auf ihren Rückflug vor, als sie bemerken, dass das Objekt neben ihnen langsamer wird. Verblüfft schauen sie auf die zurückfallende Kugel. Während Iris der Bodenstation über die neue Situation Bescheid gibt, versucht Ingo die Geschwindigkeiten der Raumfähre zu der Kugel wieder anzupassen. Gespannt schauen beide auf das Objekt, ob noch etwas passieren wird. Da erkennen sie tatsächlich, dass sich einige bestimmte Luken öffnen, die ringsum an der Kugel angebracht sind. Auch das wird selbstverständlich sofort der Bodenstation gemeldet. Ingo will sich die geöffneten Luken direkt ansehen und deshalb noch mal auf die Kugel übersetzen. Doch vorher muss er die Bodenstation fragen, wie viel Zeit er noch hat, bis die Rakete eintrifft. Auch müssen sie sich vor dem Eintreffen in sicherer Entfernung befinden.

Nachdem alles berechnet ist, begibt sich Ingo wieder auf die Kugel. Er weiß, dass er diesmal unter Zeitdruck steht und sich auf die geöffneten Luken konzentrieren muss. Sofort fliegt er mit seinem Raketenrucksack auf die am schnellsten erreichbare offene Luke zu. Als er davorsteht, erkennt er, dass die Luke ein rundes Fenster verdeckt hatte. Ingo geht mit seinem Helm direkt an das Fenster und versucht hindurchzusehen, um etwas zu erkennen. Doch es ist zu dunkel, um etwas zu erkennen. Er hat jedoch vorgesorgt und eine starke Taschenlampe mitgenommen. Mit dieser leuchtet er nun durch das Fenster. Viel kann er allerdings nicht erkennen, da sich dahinter ein größerer Raum befindet. Die Lampe kann nicht alles anleuchten. Dennoch erkennt er einige Gegenstände. Er sieht unter anderem mehrere Sitzgelegenheiten und Tische, wie man es von einem Aufenthaltsraum her kennt. Etwas verwundert gibt er Iris seine Entdeckung weiter und begibt sich rasch an das nächste Fenster. Als er dort hineinleuchtet, erkennt er ein ähnliches Bild, jedoch scheint auf einer Art Sessel etwas zu sitzen. Ingo versucht seine Lampe so auszurichten, dass er genauer erkennen kann, um was es sich da handeln könnte. Da er es nur von der Seite betrachten kann, ist es schwer zu erkennen. Dennoch hat es den Anschein, dass eine Person darin sitzt. Ingo klopft mit der Lampe an das Fenster, um auf sich aufmerksam zu machen. Doch diese bewegt sich nicht. Noch einmal macht sich Ingo zum nächsten Fenster auf. Voller Neugierde schaut er auch hier hinein. Doch jetzt hat sich das Bild verändert. Zwar ist der Raum genau wie die anderen, jedoch sind hier eindeutig Personen zu erkennen, die herumsitzen und teilweise auch herumliegen. Er traut seinen Augen kaum, aber diese Personen haben eindeutig ein menschliches Aussehen. Wieder klopft er gegen die Scheibe, doch niemand reagiert darauf. Da die Zeit langsam knapp wird, begibt sich Ingo zurück zur Raumfähre.

Dort angekommen nimmt er sofort Verbindung mit der Bodenstation auf und erklärt ihnen die neue Situation. Da wiederum überlegt man, was man jetzt unter den neuen Bedingungen tun soll. Man kommt zu dem Entschluss, erst einmal abzuwarten, was als Nächstes passieren wird. Es gibt allerdings das Problem mit der Rakete, die bald ihr Ziel erreichen wird. Wenn man sie jetzt vorzeitig zerstört, wird man keine Möglichkeit mehr haben, im Notfall die Kugel zu zerstören. Dennoch geht man das Risiko ein und entscheidet sich, aufgrund der neuen Situation, auf die Sprengung der Rakete.

## Die Ankunft

Das kugelförmige Raumschiff fliegt weiterhin direkt auf die Erde zu. Es ist Tag und Nacht als großes, hell leuchtendes Objekt am Himmel zu sehen, das täglich größer wird. Die beiden Astronauten Ingo und Iris begleiten mit ihrer Raumfähre das Raumschiff bis an den Rand der Atmosphäre der Erde. Dieses verringert kontinuierlich die Geschwindigkeit, je näher es der Erde kommt. Vom Boden aus verfolgt man den Eintritt des Raumschiffes in die Atmosphäre. Durch die verringerte Geschwindigkeit rechnet man kaum noch mit einem verheerenden Einschlag. Es sieht eher danach aus, als ob es zur Landung ansetzen wollte. Und tatsächlich werden gerade die Landebeine ausgefahren. Danach landet das Raumschiff sicher auf der Erde.

Es dauert nicht lange, bis die ersten Neugierigen an der Landestelle ankommen. Nach und nach treffen Polizei und Armee ein, um das Gebiet um das Raumschiff abzusperren und zu sichern. Führende Politiker und Wissenschaftler treffen nacheinander ein, um sich ein Bild von dem riesigen Raumschiff zu machen. Auch internationale Journalisten berichten selbstverständlich von diesem großen Ereignis. Alle bestaunen das Objekt und warten gespannt darauf, was passieren wird. Jedoch tut sich lange nichts. Doch dann bewegt sich endlich etwas. Einige Luken auf der Unterseite der Kugel bewegen sich und geben eine Öffnung ins Innere des

Raumschiffes frei. Gleichzeitig fahren Rampen von jedem Eingang bis zum Boden. Alle Zuschauer warten gespannt, wer oder was gleich an den Eingängen erscheinen mag. Doch auch dieses Mal passiert lange nichts. Sogar nach Stunden hat sich die Situation nicht geändert. Da die Nacht hereinbricht, will man den Morgen abwarten.

Am nächsten Morgen ist die Situation unverändert und man hat sich dazu entschlossen, eine Spezialeinheit zu einem der Eingänge zu schicken. Sie besteht aus acht bewaffneten Soldaten in Schutzkleidung, die zu einem der Eingänge gehen und einen Blick hineinwerfen sollen. Vorsichtig nähert sich die Einheit dem ersten Eingang. Es gibt noch immer keine Reaktion. Die Männer schauen durch den Eingang, können allerdings nicht viel erkennen. Man erlaubt ihnen, vorsichtig das Raumschiff zu betreten. Ständig ist man über Funk mit ihnen verbunden, um über alles sofort informiert zu sein. Die Soldaten bewegen sich langsam immer tiefer in das Innere des Schiffes. Noch immer hatten sie mit niemandem Kontakt. Doch dann ist es so weit. Als sie einen großen Raum betreten, sehen sie viele Personen sitzend und liegend im Raum verteilt. Zuerst sind die Männer erschrocken, auf einmal so viele Leute zu sehen, doch nach einer Weile werden sie misstrauisch. Irgendwas stimmt hier nicht. Niemand bewegt sich. Als sie sich der ersten Person nähern, erkennen sie sofort, dass sie ein menschliches Aussehen hat. Es scheint eine Frau zu sein. Und es sieht so aus, als ob sie tot wäre. Dann schauen sie sich die anderen Personen an, die aus Frauen und Männern bestehen und vermutlich alle tot sind. Die Spezialeinheit verlässt vorerst wieder das Schiff, bis man weiß, wie man weiter vorgehen will.

Wenn wirklich alle im Schiff tot sind, ist auch klar, warum sich niemand am Eingang gezeigt hat. Vermutlich wurde das Raumschiff auf den Flug zur Erde vorprogrammiert und alles lief unterwegs automatisch ab. Doch woher kommen diese Menschen? Dieses Raumschiff kann nicht von der Erde stammen, da es technisch weit Überlegen ist. Und warum sind diese Leute tot? Die Männer der Spezialeinheit kommen sofort in Quarantäne, als sie das Raumschiff verlassen, um sie dort zu untersuchen. Nachdem man nichts Auffälliges an ihnen festgestellt hat, werden in jeden Eingang des Schiffes eine neue Einheit Soldaten geschickt, die Ärzte und Wissenschaftler hineinbegleiten. Jeder Raum wird gründlich untersucht, was bei dem großen Schiff einige Zeit dauern wird. Schließlich will man jedoch so viel Informationen wie möglich über die Besucher herausfinden und vor Überraschungen sicher sein. Möglicherweise findet man doch noch einen Überlebenden, was allerdings nicht der Fall sein wird. Alle Insassen des Schiffes sind tot, wie sich später herausstellt. Die Toten werden alle aus dem Raumschiff geholt und weggebracht, wo sie aufbewahrt und untersucht werden. Man möchte unbedingt herausfinden, woran sie gestorben sind.

Unterdessen durchsucht man weiterhin penibel das Raumschiff. Die ganze Technik des Schiffes ist für die hiesigen Ingenieure Neuland. Sie ist derer auf der Erde weit voraus. Es wird eine ganze Weile dauern, bis man sie verstehen wird. Vorerst allerdings wird weiterhin nach brauchbaren Hinweisen gesucht, die Aufschluss über die Besucher bringen könnten. Alles, was interessant erscheint, wird in einer zentralen Stelle zusammengetragen, wo es dann genauer untersucht wird. Als man einige gefundene Schriftstücke betrachtet, fällt sofort auf, dass sie als Buchstaben eigene Zeichen verwenden. Trotzdem wird jede Seite nachgeschaut, um keinen Hinweis zur Identität der Besucher zu übersehen. Bis tatsächlich etwas gefunden wird, was für Aufsehen sorgt. Man findet ein Buch mit Hieroglyphen, wie sie auch bei alten Kulturen auf der Erde zu finden sind. Außerdem sind einige Grafiken vorhanden, die Sternenkarten ähnlich sehen. Sind das die ersten Hinweise, woher das Raumschiff kommt?

Einige Zeit später kommt eine Meldung von der Raumfahrtbehörde, dass vom Raumschiff ein kontinuierliches Signal ausgesendet wird. Kurze Zeit später empfängt man ein unbekanntes Signal aus dem Weltraum mit der gleichen Frequenz. Möglicherweise kommuniziert das Schiff mit seiner Heimat. Vielleicht gibt es Bescheid, dass es angekommen ist. Angestrengt wird daraufhin so schnell wie möglich versucht herauszufinden, welchen Weg die Signale nehmen. Was auch immer sie wirklich bedeuten mögen, zumindest kann es ein erneuter wichtiger Hinweis sein, woher die Besucher kommen könnten.

## Der Flug

Inzwischen ist einige Zeit vergangen und das Signal wurde lokalisiert. Man weiß zumindest, aus welcher Richtung es kommt. Um den genauen Ursprungsort zu finden, bleibt allerdings nur ein Flug in die Richtung, woher es kommt. Dafür bräuchte man aber ein geeignetes Raumschiff, dass einem dorthin bringt. Da es im Moment auf der Erde jedoch kein solches Raumschiff gibt, hat man die besten Ingenieure und Wissenschaftler damit beauftragt, ein solches zu entwickeln. Es muss schnell sein und für eine möglicherweise lange Reise geeignet sein. Außerdem soll es mit einer kleinen Besatzung auf den Weg gebracht werden. Dieses Projekt hat momentan oberste Priorität. Es wurden bereits zwei Astronauten für diese Mission ausgesucht, die inzwischen auf ihren Flug vorbereitet werden. Mehr will man nicht auf die Reise schicken, um Ressourcen zu sparen. Die beiden Freiwilligen, die sich auf die Reise machen werden, sind Doris und Bernd.
Unterdessen werden weiterhin Informationen über die Herkunft des Schiffes gesammelt, um die beiden Astronauten mit möglichst viel Informationen zu versorgen. Zudem wird vermutet, dass die Besatzung des fremden Raumschiffes

möglicherweise durch eine gefährliche Strahlung gestorben ist, welche die innere Zellstruktur verändert hat. Interessant dabei ist jedoch, dass die toten Körper noch so gut erhalten sind, obwohl sie wahrscheinlich schon länger tot sind. Vielleicht hatte die vermutete Strahlung Einfluss auf den Verfall der Körper. Man hofft, durch den Flug zurück zum Ausgangspunkt des fremden Raumschiffes, neue Erkenntnisse zu finden.

Eines Tages ist es dann so weit. Das neue Raumschiff ist fertiggestellt. Es stellt eine Revolution der Raumfahrt dar, da es eine komplette Neuentwicklung darstellt. Mit herkömmlichen, konventionellen Antrieben hätte man diese Reise nicht machen können. Da dieses Projekt jedoch oberste Priorität hat und alle wichtigen Leute daran mitwirkten, wurde ein Raumschiff entwickelt, das einen komplett neuen Antrieb enthält. Dieser erzeugt so starke Magnetfelder, die den Raum um das Raumschiff so verändert, sodass es beschleunigt wird. Das Schiff kann somit eine vorher kaum für möglich gehaltene Geschwindigkeit erreichen. Einige kleinere Testflüge haben gezeigt, dass das Schiff für seine Aufgabe bereit ist.

Die beiden Astronauten haben sich bereits von ihren Angehörigen verabschiedet und befinden sich nun in ihrem Raumschiff. Nachdem alle Instrumente noch mal überprüft wurden, warten alle gespannt auf die Startfreigabe. Als diese erteilt wird, schalten Doris und Bernd die Antriebe ein und heben langsam ab. Dann beschleunigen sie stetig das Raumschiff, bis sie aus der Atmosphäre ausgetreten sind. Jetzt erst beschleunigen sie auf die volle Geschwindigkeit. Die Richtung wurde vor dem Start schon einprogrammiert, kann jedoch jederzeit korrigiert werden. Man muss jederzeit auf Hindernisse auf der Flugbahn vorbereitet sein. Dieses überwachen hauptsächlich Sensoren, die entsprechend Ausweichmanöver einleiten. Ganz wichtig ist auch, dass man das Signal nicht verliert, welches das Raumschiff zu seinem Ziel führen soll. Nur dadurch kann man den Ausgangspunkt des Signals finden und somit möglicherweise die Heimat der fremden Besucher.

Somit sitzen die beiden Astronauten im Cockpit und beobachten gleichzeitig die Daten des Computers und die Umgebung des Schiffes. Noch sind sie ein wenig aufgeregt und sind sich nicht ganz sicher, ob das Schiff die Reise überstehen wird. Doch je länger der Flug dauert, desto zuversichtlicher werden sie. Nach und nach vertrauen sie ihrem Raumschiff immer mehr. Zu Beginn der Reise wechseln sie sich im Cockpit mit der Überwachung des Fluges ab. Doch schon bald vertrauen sie ihrem Schiff so sehr, dass sich zeitweise niemand im Cockpit befindet. Sie verlassen sich in erster Linie auf die Sensoren und den Bordcomputer.

Sie sind bereits schon lange unterwegs und der Alltag hat die beiden fest im Griff. Das Raumschiff fliegt weiterhin, dem Signal folgend, auf sein Ziel zu. Der Energieverbrauch hält sich in Grenzen, da sie im Moment nur für Kurskorrekturen den Antrieb benötigen. Anhand der Signalstärke erkennen die beiden, dass sie sich der Quelle des Signals immer weiter nähern.

Eines Tages erreichen sie ein neues Sonnensystem, in das sie hineinfliegen. Das Signal hat bereits deutlich an Stärke zugenommen und die Richtung wird immer deutlicher erkennbar. Sie dürften nicht weit von der Signalquelle entfernt sein. Die Geschwindigkeit ihres Raumschiffes haben sie bereits gedrosselt und nähern sich immer weiter ihrem Ziel. Bis das Schiff direkt auf einen Planeten zusteuert, auf dem das Signal seinen Ausgangspunkt haben müsste. Doris und Bernd sind sich sicher, dass sie ihr Ziel bald erreicht haben werden.

## Die andere Welt

Doris und Bernd folgen mit ihrem Raumschiff weiterhin dem Signal und kommen dadurch dem Planeten immer näher. Sie nähern sich der Oberfläche und fliegen über sie hinweg, um die Signalquelle zu finden. Es ist ein erdähnlicher Planet, der zwar keine größeren Ozeane besitzt, dafür aber riesige Flüsse, die den Planeten durchziehen. Auch scheint er kleiner, als die Erde zu sein. Sie sehen einzelne Städte und Siedlungen beim Überflug, erkennen jedoch kein Anzeichen von Betriebsamkeit auf der Oberfläche. Auch keine fremden Raumschiffe oder andere Flugobjekte sind sichtbar. Das wäre doch für eine hoch entwickelte Zivilisation sehr außergewöhnlich.

Das Signal wird immer stärker. Die beiden Astronauten nähern sich einer größeren Stadt und überfliegen diese vorsichtig. Dann nähern sie sich einem Platz, auf dem eine riesige Antennenanlage steht. Das müsste die Signalquelle sein, nach der sie suchen. Sofort halten beide nach einem geeigneten Landeplatz in der näheren Umgebung Ausschau. Als sie einen gefunden haben, setzen sie auch gleich zur Landung an. Danach setzt Bernd einen Funkspruch an die Erde ab, dass sie ihr Ziel erreicht haben.

Doris und Bernd bleiben noch eine Weile in ihrem Cockpit sitzen und beobachten die Umgebung außerhalb des Schiffes. Sie schauen sich auch die Messdaten der Außensensoren an. Die Zusammensetzung der Atmosphäre ist fast wie auf der Erde und die Temperatur ist angenehm. Die Schwerkraft scheint geringer als auf der Erde zu sein, was auf die Größe des Planeten zurückzuführen ist. Somit könnten sie also jederzeit das Raumschiff verlassen, auch ohne Raumanzug. Es könnte allerdings passieren, dass sie sich mit irgendwelchen fremden Bakterien oder Ähnlichem anstecken. Da allerdings auch ihr Sauerstoff begrenzt ist, entscheiden sie sich für das Risiko und verlassen somit ihr sicheres Raumschiff.

Draußen ist es angenehm warm und die Luft lässt sich gut atmen. Die Sonne scheint von einem fast wolkenlosen Himmel. Das Einzige, dass Doris und Bernd sofort bemerken, ist die geringere Schwerkraft, die sie gleich als angenehmer empfinden, als auf der Erde. Das Gehen fällt ihnen sichtlich leicht. Noch immer ist niemand zu sehen. Die ganze Umgebung sieht wie ausgestorben aus. Nichts Auffälliges bewegt sich und diese unheimliche Stille gefällt den beiden überhaupt nicht. Dennoch gehen sie vorsichtig weiter auf die Antennenanlage zu. Da diese in Funktion ist, hoffen sie dort jemanden anzutreffen. Als sie dort ankommen, betrachten sie erst einmal kurz die riesige Anlage. Dann fangen sie an die Anlage zu durchsuchen, in der Hoffnung, dass sie jemand finden. Aber nirgends ist jemand zu sehen. Auch lautes Rufen bleibt ohne Erfolg. Vielleicht funktioniert auch diese Antennenanlage automatisch, wie das fremde Raumschiff auf der Erde. Was nun?

Doris und Bernd entscheiden sich weiter ins Zentrum der Stadt zu laufen, um doch noch irgendjemanden zu finden. Doch wohin sie auch gehen, sie können niemanden finden. Wenn wirklich niemand mehr da wäre, dann wären sie auf sich allein gestellt. Dann wird es Zeit, sich auf etwas anderes zu konzentrieren. Man will so viel Informationen über den Planeten und dessen Bevölkerung zu sammeln. In einiger Entfernung erkennen sie ein paar interessante Gebäude, die sie sich genauer ansehen wollen. Dort angekommen bemerken sie eine sehr große Halle. Sie gehen hinein und sehen ein großes Raumschiff darin untergestellt. So wie alles herum aufgebaut ist, hat es den Anschein, dass es hier zur Ausstellung steht. Da natürlich keiner der beiden die Schrift auf den Schildern in dem Gebäude lesen kann, kann man nur spekulieren, was für eine Bedeutung das Schiff haben könnte.

Sie gehen weiter und durchsuchen die angrenzenden Bauten. Es ist vieles ähnlich, wie es auch auf der Erde ist, nur etwas futuristischer und natürlich moderner. Auf einmal betreten die beiden einen Gebäudekomplex, der wirklich interessant aussieht. Überall sind scheinbar Computer und riesige Datenspeicher aufgestellt. Es könnte sich um ein Rechenzentrum oder Ähnliches handeln. Oder ist es vielleicht eine moderne Bibliothek? Das wäre zwar ein absoluter Volltreffer, was den beiden allerdings nicht weiterhilft, weil sie die Technik und die Sprache nicht verstehen. In der Hoffnung, doch noch etwas Interessantes zu finden, durchforsten sie die dazugehörigen Räume etwas gründlicher. Bis sie in einen kleineren Raum gelangen, der sie im ersten Moment sprachlos macht. Im ganzen Raum stehen Regale, die mit Büchern gefüllt sind. Voller Neugierde gehen Doris und Bernd die Regale entlang und schauen sich die Bücherreihen an. Plötzlich stößt Doris auf ein Buch mit Hieroglyphen auf dem Umschlag, wie schon eines im fremden Raumschiff auf der Erde gefunden wurde. Sie zieht es heraus, um es sich genauer anzusehen. Es scheint ganz mit diesen Hieroglyphen geschrieben zu sein. Dann ruft sie Bernd, um ihn über ihren Fund zu informieren. Sogleich fangen beide an, nach solchen Büchern zu suchen. Diese könnten dann übersetzt werden, um dadurch hoffentlich einiges über den Planeten und ihrer Bevölkerung in Erfahrung zu bringen. Nachdem Doris und Bernd die Regale nach brauchbaren Büchern durchsucht haben, besorgen sie sich einige Taschen, in denen sie die Bücher mit in ihr Raumschiff nehmen können. Es sind auch Bücher dabei, dessen Schrift sie zwar nicht lesen können, jedoch reichlich bebildert sind. Auch das kann hilfreich sein.

Die beiden nehmen die ausgesuchten Bücher mit und verlassen das Gebäude. Sie gehen direkt zu ihrem Schiff zurück, um die Bücher dort abzulegen. Wie sollen sie jetzt weiter vorgehen. Weder Doris noch Bernd können die Hieroglyphen entziffern. Die ganzen Schriften mit dem Computer übersetzen zu lassen, würde ewig dauern. Vielleicht sollten sie sich erst einmal die bebilderten Bücher ansehen. Möglicherweise hilft ihnen das schon weiter.

Nachdem sie mit der Erde Kontakt aufgenommen haben, um die Bodenstation über ihre Erlebnisse zu informieren, nehmen sie sich auch gleich die ersten Bücher vor. Sie konzentrieren sich in erster Linie auf die Bilder darin. Anhand der Bilder können sie vermuten, welches Thema das Buch behandelt. Allein nur diese Bilder zeigen ihnen eine für sie fremde Welt. Man sieht die ganzen vielen Leute, die hier eigentlich leben sollten. Nicht nur deren eigener Planet, sondern scheinbar auch fremde Planeten mit unbekannten Wesen sind auf manchen Bildern zu sehen. Raumschiffe, die zahlreich durch das Weltall ziehen, die aber weder Doris noch Bernd unterwegs gesehen haben.

Doch dann hat Bernd ein Buch in der Hand, auf dem tatsächlich die Erde abgebildet ist. Neugierig betrachtet er die folgenden Abbildungen. Er erkennt zwar eindeutig Menschen, jedoch scheinen diese einer höheren Zivilisation anzugehören. Auch das Raumschiff, das in der Halle steht, welches sie entdeckten, ist auf einigen Bildern zu erkennen. Stammen die Bewohner dieses Planeten womöglich von der Erde? Da er dieses Buch nicht lesen kann, muss er erst die Übersetzung abwarten, um Näheres zu erfahren. Er legt es beiseite und nimmt sich das nächste Buch.

Da meldet sich Doris, dass sie ein Buch mit einer interessanten Stelle gefunden hat. Auf mehreren Bildern erkennt man etwas, dass wie ein Asteroidenkrater aussieht. Viele Leute sind ebenfalls darauf zu erkennen, die sich dort versammeln und ihn bestaunen. Auch Wissenschaftler mit Messgeräten machen sich an dem Krater zu schaffen. An darauf folgenden Bildern sind die Wissenschaftler in spezieller Schutzkleidung zu sehen. Danach kommen Bilder mit einigen Toten, die scheinbar wahllos in direkter Umgebung herumliegen. Später sieht man noch mehr Tote, allerdings an den verschiedensten Orten. Was hat das zu bedeuten? Hat es vielleicht mit dem Verschwinden der Bevölkerung zu tun? Doris und Bernd betrachten sich die Bilder ganz genau und versuchen herauszufinden, wo sich dieser sonderbare Krater befindet. Nachdem sie eine Landkarte im Buch gefunden haben, die auf den Fundort hinweisen könnte, beschließen die beiden, die Stelle zu suchen. Da jedoch bereits die Nacht auf dem Planeten angebrochen ist, wollen Doris und Bernd sich erst am nächsten Morgen auf die Suche nach dem Krater begeben.

**Der Asteroidenkrater**

Als der Morgen anbricht, starten die beiden Astronauten ihr Raumschiff und versuchen anhand der gefundenen Landkarten die Einschlagstelle zu finden. Sie orientieren sich hauptsächlich an den riesigen Flüssen, die sich über die Landschaft ziehen. Allmählich nähern sie sich der Stelle, die auf der Landkarte markiert ist. Gespannt beobachten sie die Gegend nach dem gesuchten Krater. Nach einer Weile scheinen sie ihn entdeckt zu haben. Sie gehen langsam tiefer und beobachten die Umgebung. Dann setzen sie zur Landung in der Nähe des Kraters an.

Doris und Bernd steigen aus, um sich den Krater näher anzusehen. Sie haben Messinstrumente mitgenommen, um die Umgebung auf außergewöhnliche Werte zu untersuchen. Doch sie können nichts Derartiges feststellen. Noch einmal schaut sich Bernd die Bilder in dem Buch genau an. Zweifellos sind sie hier richtig am gesuchten Krater. Doch was genau messen die Wissenschaftler auf den Bildern? So wie es aussieht, scheinen diese irgendeine Strahlung zu messen. Wieso aber misst Bernd keine außergewöhnliche Strahlung? Gibt es keine oder kann sein Messinstrument diese nicht messen?

Nicht weit von ihrem Standpunkt aus sehen die beiden ein Gebäude. Doris ist sich sicher, dass es auf einem der Bilder zu erkennen ist. Doris und Bernd wollen es sich genauer anschauen, um vielleicht einige Informationen über die Geschehnisse damals zu finden. Als sie dort ankommen, entdecken sie, dass die Wände aus speziellem Material gefertigt sind. Sie gehen hinein und finden dort viele technische Geräte, die überall herumstehen. Bernd schaut sich die kleineren Geräte genauer an. Dann erkennt er eines jener Messinstrumente, die auch auf den Bildern im Buch abgebildet sind. Es sieht moderner aus, als die anderen. Bernd vermutet, dass es eine Neuentwicklung sein könnte. Er schaut sich das Gerät näher an und versucht herauszufinden, wie es funktioniert. Vorsichtig drückt er auf einen markanten Schalter an der Seite des Gerätes. Plötzlich leuchtet das Gerät auf. Bernd ist im ersten Moment leicht erschrocken. Die Skala, die auf der Oberfläche sichtbar ist, leuchtet fast bis zum Anschlag auf. Gleichzeitig ertönt dazu noch ein entsprechendes akustisches Signal. Bernd hat eine Vorahnung. Er geht mit Doris nach draußen. Wieder betätigt er das Messinstrument, doch diesmal leuchtet die Skala bis zum Anschlag. Auch der Signalton ist viel lauter als vorher. Bernd hatte das schon vermutet. Er geht noch mal in das Gebäude zurück und holt sich noch eins von diesen Messgeräten. Danach geht er mit Doris zum Raumschiff zurück und erzählt ihr unterwegs, was er vermutet.

**Die Rückkehr**

Sie fliegen mit ihrem Raumschiff zurück in die Stadt, in der sie zuvor waren. Bernd verlässt leicht angespannt das Schiff und schaltet sogleich das mitgenommene Messgerät ein. Selbst hier, so weit weg vom Einschlagskrater, ist die Skala bis zur Hälfte beleuchtet. Das war es, was Bernd befürchtet hatte. Wenn das Messinstrument eine möglicherweise gefährliche Strahlung anzeigt, ist sie auch hier noch vorhanden. Vielleicht sogar auf dem ganzen Planeten. Das würde auch das Verschwinden der Bevölkerung erklären. Sie sind vermutlich alle tot.

Doris und Bernd versuchen nachzuvollziehen, was damals passiert ist. Es sieht so aus, als ob der Asteroidenkrater die Quelle der Strahlung ist. Somit stürzte also ein Asteroid auf den Planeten, dessen Zusammensetzung eine gefährliche Strahlung aussendet. Beim Einschlag wurde dadurch die ganze Umgebung verstrahlt. Nach einiger Zeit war dann der gesamte Planet damit belastet. Doch warum hatte niemand die gefährliche Strahlung rechtzeitig bemerkt, sondern erst, als es wahrscheinlich schon zu spät war? Das könnten die neuartigen Messgeräte beantworten. Diese Art der Strahlung war bisher unbekannt und mit den vorhandenen Messgeräten nicht nachweisbar. Erst als es die ersten Toten in der direkten Umgebung gab und später weitere im Umland, versuchte man herauszufinden, was die Ursache sein könnte. Bis man herausfand, dass es eine Art Strahlung sein müsste, brauchte man jedoch erst ein Gerät, um diese nachweisen zu können. Doch bis dahin war es schon zu spät, da vermutlich jeder schon der Strahlung ausgesetzt war. Einige von ihnen wollten noch rechtzeitig fliehen, doch auch für sie war es bekanntlich schon zu spät.

Doris und Bernd haben sich dazu entschlossen, den Planeten zu verlassen. Sie starten erneut ihr Raumschiff und fliegen wieder Richtung Erde. Unterwegs schicken sie noch einen Funkspruch zur Erde, dass sie zurückkehren. Außerdem wollen sie noch ihre Erkenntnisse übermitteln, die sie in letzter Zeit erlangt haben. Sie wissen zwar, dass ihre Nachricht lange unterwegs sein wird, dennoch wollen sie sicher sein, dass diese wichtigen Informationen auf der Erde ankommen. Schließlich kann niemand wissen, ob sie mit ihrem Raumschiff sicher auf der Erde ankommen werden. Sicherheitshalber speichern sie noch zusätzliche Film- und Tonaufnahmen ab, die im Notfall abgerufen werden können. Daraufhin setzen sich beide erst einmal gemütlich ins Cockpit und schauen hinaus. Dabei kommt ihnen die Frage, warum die flüchtenden Bewohner ausgerechnet zur Erde wollten. Sie vermuten, dass die Lösung in den Büchern mit den Hieroglyphen steht. Wenn sie identisch mit denen auf der Erde sind, müssten sie schon einmal Kontakt gehabt haben. Vielleicht gab es ja bereits eine Hochkultur auf der Erde. Und möglicherweise sind auch sie einst aufgebrochen, um eine neue Welt zu finden oder mussten vor einer Katastrophe fliehen. Ist womöglich das Raumschiff, das in dieser Halle steht, vielleicht das Schiff, mit dem die ersten Siedler angekommen sind? Sind sie womöglich genauso Menschen wie wir und kommen von der Erde? Dann wäre auch klar, warum sie dorthin wollten. Sie wollten dorthin zurück, von wo sie einst kamen. Man muss nicht erst einen passenden Planeten suchen, wenn man weiß, wo einer ist.

Bernd und Doris sitzen noch immer im Cockpit und sehen den vorbeiziehenden Sternen nach. Sie haben noch eine lange Reise vor sich. Dann schauen sich beide in die Augen, als ob sie im Moment an das gleiche denken. Sie wissen, dass sie auf dem fremden Planeten die ganze Zeit, ohne es vorher zu wissen, dieser unbekannten Strahlung ausgesetzt waren. Es ist mit Sicherheit diese Strahlung, welche die Bevölkerung auf dem Planeten ausgelöscht hat. Somit sind auch sie durch diese Strahlung belastet. Das heißt, dass auch sie wahrscheinlich die Erde niemals wieder sehen werden.

Printed by Books on Demand GmbH, Norderstedt / Germany